Poker d'amour

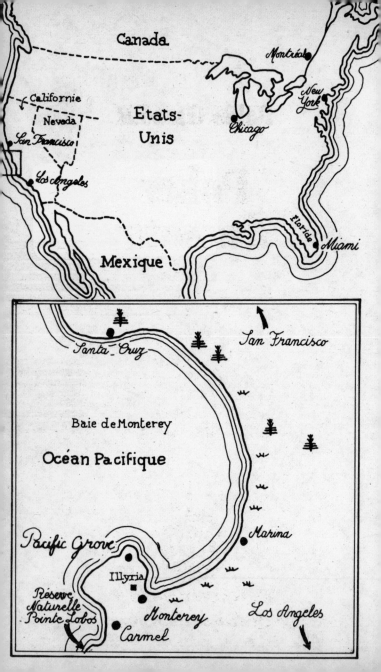

TESS OLIVER

Poker
d'amour

Duo

Le temps d'un livre
Le temps d'un rêve

Titre original : *Double or Nothing*
© 1981, Tess Oliver
Originally published by SILHOUETTE BOOKS
a Simon & Schuster division of Gulf
& Western Corporation, New York

Traduction française de : Sophie Benech
© 1982, Éditions J'ai Lu
31, rue de Tournon, 75006 Paris

1

C'était la veille du *Thanksgiving Day*, la célèbre fête de novembre. Il était 3 heures de l'après-midi et Alissa Mallory, s'accordant quelques minutes de répit dans l'agitation de la journée, s'enfonça avec délices dans son fauteuil. Elle embrassa d'un regard satisfait le domaine dont elle était la souveraine incontestée.

Alissa était encore trop jeune pour qu'on pût qualifier sa beauté de majestueuse, mais elle promettait de devenir une femme comme on en voit peu. Un œil averti n'aurait pas manqué de déceler, dans ce port de tête altier, dans la pureté classique de ces traits réguliers, les signes d'une personnalité sortant de l'ordinaire. Jusqu'à sa toilette, d'une élégance discrète, qui dénotait un goût sûr et raffiné : elle était vêtue ce jour-là d'une jupe en pied-de-poule noir et blanc et d'un chemisier de soie à manches bouffantes qui lui seyaient à ravir. Sa lourde chevelure aux reflets de miel retombait en grosses boucles sur ses épaules, et ses grands yeux bruns pailletés d'or pétillaient d'intelligence. Bientôt, les cheveux seraient un casque d'or étincelant, et le regard, de l'ambre chaud et profond. Alissa soupira de satisfaction devant une journée bien remplie. Un sourire flottait sur ses lèvres généreuses, tandis qu'elle considérait son petit royaume. Il n'avait rien de tellement remarquable en soi, mais, pour elle, cette unique pièce située en

5

demi-sous-sol, avec, dehors, l'enseigne peinte à la main : « Mallory, agence immobilière », représentait l'accomplissement d'un rêve et le symbole de sa réussite.

En plus des deux fauteuils pour les clients, il y avait juste assez de place pour deux bureaux : le sien, à côté de la fenêtre qui donnait sur l'avenue de l'Océan, et celui de sa jeune sœur Debbie, qui était pour l'heure suspendue au téléphone, et s'épanchait tendrement avec le petit ami du jour.

Fixées au mur, les photographies des propriétés à vendre dans la région offraient toute la gamme des constructions hétéroclites que l'on peut trouver à Carmel : des pavillons style Nouvelle-Angleterre, des villas rappelant, en réduction, celles de la Côte d'Azur, des cottages anglais, d'adorables petites chaumières perdues dans les bois, qui semblaient sortir tout droit d'un conte de fées; et enfin, les maisons ultra-modernes en séquoia surplombant la magnifique baie de Carmel.

Debbie venait juste de susurrer un tendre « au revoir » dans le récepteur lorsqu'une paire de jambes masculines s'arrêta à la hauteur des yeux des jeunes filles. Le propriétaire de cet élégant pantalon devait être en train d'examiner la liste des villas à vendre affichée à l'extérieur.

– Oh, zut! soupira Debbie. Pourvu qu'il n'entre pas! J'ai rendez-vous avec toute la bande chez *McFly*, et je dois passer à la maison me changer!

Alissa lança à sa sœur un regard amusé.

– Ma pauvre petite! Ce n'est pas demain que tu réussiras en affaires, avec une mentalité pareille!

– Je m'en moque bien! fit Debbie en souriant d'un air espiègle. Tout ce que je cherche, c'est un homme! C'est toi le Grand Chef, dans la famille, pas moi!

Sans quitter des yeux les jambes de l'inconnu, qui semblaient sortir de la corbeille de fuchsias devant la fenêtre, Alissa rétorqua aussitôt :

– Je ne suis pas, je ne serai jamais un Grand Chef!

6

Et je ne tiens pas à devenir une femme d'affaires! Je suis exactement comme toi... Un peu moins pressée, c'est tout!

– Un peu moins pressée? Mieux vaut entendre ça que d'être sourd! Granny dit que tu es beaucoup trop difficile... Et je suis bien d'accord avec elle! Quand je pense à tous les types que tu as envoyé promener! Un vrai bataillon!

Alissa éclata de rire.

– Oh! je sais très bien ce qu'en pense Granny! J'entends le même refrain depuis que j'ai dix-huit ans! Mais ce n'est pas vrai! Je ne suis pas difficile! C'est tout simplement que... Chat échaudé craint l'eau froide!

– Oh non! Pour l'amour du ciel! Tu ne vas pas me dire que tu en es encore à ressasser cette vieille histoire! Qui n'a pas eu sa petite déception amoureuse, à ton âge! (Et elle ajouta avec un sourire taquin :) A propos, tu as combien, déjà? quarante-quatre ans? C'est ça?

Pour toute réponse, Alissa lui décocha un regard écœuré. Debbie fit claquer ses doigts.

– Ah! ça me revient! Granny dit toujours que tu as vingt-quatre ans, et que tu vas sur tes quarante-quatre... Elle répète aussi que tu étais déjà vieille en naissant...

– Granny a plus d'idées en une semaine que la plupart des gens en vingt ans! dit Alissa en riant.

La sonnette de la porte d'entrée interrompit leur conversation. Elles avaient complètement oublié le client! Le regard d'Alissa remonta le long du pantalon à rayures, glissa sur le veston de coupe impeccable, sur les épaules, larges et musclées, et se posa enfin sur la tête à la chevelure noire ondulée, qui se courbait pour éviter le linteau de la porte.

Lorsqu'elle découvrit son visage, elle eut un coup au cœur. Comme si elle venait de recevoir une décharge électrique. La pièce tout entière parut s'illuminer... Puis cette sensation s'estompa, la laissant dans une sorte d'état second. Elle fixa avec stupeur l'inconnu qui, pour l'instant, considérait de ses yeux bleus pénétrants le visage ouvert aux joues rondes, les boucles blondes de sa sœur Debbie. Alissa distinguait avec une acuité presque anormale chaque détail : la ligne du menton, ferme et volontaire, le dessin des lèvres, l'arête aristocratique du nez, jusqu'à la spirale compliquée qui ourlait son oreille gauche et qui l'étonna tout particulièrement.

Au bout de quelques secondes qui lui semblèrent des siècles, elle le vit gratifier Debbie d'un sourire courtois, puis il se tourna vers elle.

— Bonjour! Je m'appelle Anthony Madigan. J'arrive de New York...

Aux premiers accents de sa voix chaude et profonde, un frémissement parcourut Alissa.

— J'ai l'intention d'acquérir une propriété dans votre charmante petite ville, un vrai décor de théâtre...

Le sens de ses paroles, leur ton condescendant pénétrèrent lentement l'esprit de la jeune fille, qui se figea. Il acheva, avec une autorité sans réplique :

— Je voudrais parler à votre patron...

Alissa jeta un coup d'œil involontaire à Debbie qui, à l'insu de l'inconnu, haussait le menton d'un air prétentieux et pinçait les lèvres, mimant avec drôlerie son attitude arrogante. Tout en réprimant un sourire, Alissa quitta son fauteuil et tendit la main au visiteur.

— Monsieur Madigan... Je suis Alissa Mallory, et voici ma sœur, Deborah. Si vous voulez bien me donner des précisions sur ce que vous recherchez, je ferai mon possible pour vous aider...

Il les salua d'un léger signe de tête.

— Oh! je n'en doute pas, ma chère petite! Mais je préférerais parler à votre patron...

Alissa prit son air le plus serein :

— Le patron de cette agence, c'est moi, monsieur Madigan.

Il la dévisagea, interloqué, puis, esquissant un petit sourire entendu, leva les yeux au ciel en murmurant :

– Il n'y a que la Californie pour vous faire des surprises pareilles!

– Je vous demande pardon? fit Alissa d'un air pincé.

– Mais vous n'êtes qu'une enfant!

Les yeux dorés de la jeune fille, si chaleureux d'habitude, étaient devenus de glace.

– Vous ne savez donc pas que la loi autorise les enfants à ouvrir des agences immobilières, en Californie?

– Oh! je n'en suis pas étonné! rétorqua-t-il plutôt sèchement. Cet Etat ressemble comme deux gouttes d'eau à une cour de récréation!

Alissa fit un pas vers la porte, comme pour le raccompagner.

– Vous feriez sans doute mieux de vous adresser ailleurs, monsieur Madigan! Si vous le désirez, je puis vous conseiller le nom d'autres agents... Des hommes mûrs, eux!... Cela vous conviendra certainement davantage...

Mais il ne bougeait pas d'un pouce, et il lâcha, avec une nonchalance expressive :

– Oh ça! j'en doute fort, mademoiselle – mademoiselle, ou bien madame?

– Mademoiselle! lança brusquement Debbie.

Ils sursautèrent tous les deux, comme s'ils avaient complètement oublié sa présence. Sur quoi, avec une désinvolture dont Alissa ne fut pas dupe une seconde, Debbie s'empara de sa veste et de son sac, et se dirigea vers la sortie.

– Il faut que j'y aille, Alissa! Je pense que tu n'as plus besoin de moi... (Sur le pas de la porte, elle ajouta, à l'intention d'Anthony Madigan :) Je vous souhaite de tomber sur la maison de vos rêves, monsieur Madigan... Mais si vous ne la trouvez pas à Carmel, c'est qu'elle n'existe pas!

Et elle sortit, non sans leur avoir décoché un

sourire malicieux. Anthony Madigan la suivit des yeux, un air narquois sur sa figure aristocratique. Puis il se tourna vivement vers Alissa et, comme si de rien n'était, plongea dans le vif du sujet :

– J'aimerais visiter une maison dont j'ai vu la photo dehors. Celle avec quatre chambres, qui donne sur la plage.

Ce doit être la maison de Minnie Wanamaker, se dit Alissa. Elle jeta un coup d'œil à sa montre : presque 3 heures et demie... Minnie commençait sa séance de yoga quotidienne à 6 heures, et comme elle considérait que les ondes négatives émises chez elle par les étrangers mettent deux heures à se dissiper, elle refusait de faire visiter sa maison après 4 heures. Si elle avait eu affaire à quelqu'un de la région, Alissa lui aurait aussitôt expliqué la situation... Mais à ce New-Yorkais qui avait un jugement sur tout! Elle se contenta de lui dire :

– Je suis désolée, mais la propriétaire ne peut faire visiter que le matin, et en début d'après-midi... Si vous le désirez, je peux prendre rendez-vous pour vendredi matin...

L'homme ne cacha pas sa contrariété.

– Et pourquoi pas demain?

– Mais... c'est *Thanksgiving!* fit Alissa, stupéfaite. En principe, les jours de fête... Mais si vous y tenez, je peux lui passer un coup de fil...

– Non, ce n'est pas la peine! J'avais complètement oublié! C'est d'accord pour vendredi!

Alissa sentit tout à coup son cœur fondre de sympathie. Comme ce devait être triste de se retrouver tout seul, loin de chez soi, le jour de *Thanksgiving!* Mais elle chassa bien vite le sentiment qui l'avait envahie. A en juger par son comportement, ce n'était certainement pas le genre d'homme à supporter qu'on le plaigne!

– Y a-t-il un endroit où prendre un verre, dans ce village de poupées? fit-il avec une pointe d'irritation.

Il s'était tourné brusquement vers elle, avec un air de lion en cage contrarié.

Interloquée devant l'agressivité qui perçait dans sa voix, Alissa se creusa la tête pour indiquer un endroit susceptible de lui plaire... Oh! et puis après tout, elle se moquait bien de ce que pouvait penser ce grossier personnage! Tout en prenant une feuille sur le bureau de Debbie, elle dit cependant d'un ton affable :

– On voit que vous venez d'arriver à Carmel, monsieur Madigan! Sinon vous ne poseriez pas une telle question! D'ailleurs, si vous étiez ici depuis quelque temps, vous n'auriez plus besoin d'alcool pour « ravauder votre âme rongée par le chagrin »!

– On verra ça dans quelques jours, mademoiselle Shakespeare! Mais, pour l'instant, si nous allions prendre un verre?

Il la saisit par le coude et l'entraîna vers la porte. Alissa songea un instant à refuser, plus par esprit de réprobation devant son attitude autoritaire que parce qu'elle répugnait à l'accompagner. Au contraire, ces avis un peu blessants piquaient sa curiosité. Elle avait l'impression qu'il lui lançait un défi. Mais il avait un côté direct qu'elle avait rarement rencontré chez les hommes qu'elle avait connus jusqu'ici. Et ce n'était pas pour lui déplaire. De toute façon, accompagner les clients au café ou au restaurant faisait partie de son travail...

Ayant ainsi justifié à ses propres yeux son désir confus de passer encore un moment avec cet homme si impérieux, elle saisit sa veste en laine noire suspendue à la patère contre la porte, et ferma le bureau à clef.

Tout en descendant l'avenue de l'Océan au côté de l'homme à la longue silhouette silencieuse, elle songeait à ce qu'il avait dit de Carmel... Au moins, il y avait une chose qu'il ne pourrait pas critiquer ici, c'était le climat! Il avait fait un temps délicieux presque tous les jours, ce mois-ci. Sec, chaud, ensoleillé, avec cette lumière unique, dont bénéficie seulement le bord du Pacifique... Le brouillard ne sévissait sur la côte que pendant la saison touristique, en été, où les rues et les magasins étaient envahis d'une agitation fiévreuse. Et le fait que, par une ironie du sort, les habitants de Carmel fussent les seuls à profiter des périodes les plus agréables de l'année, adoucissait l'amertume de leur situation : quand on pense que cette petite ville de rêve avait été fondée par des artistes en tout genre, venus se réfugier ici pour échapper à la foule, et qu'elle se retrouvait à présent dépendante de l'industrie touristique, devenue sa seule ressource!

La terrasse du café était bondée. Les gens du coin, attablés sous des parasols bleu, blanc, rouge, devisaient devant un verre, sous le resplendissant soleil de novembre. Ceux qui n'avaient pu trouver de place au soleil faisaient le cercle devant deux grandes cheminées, se réchauffant au coin du feu, en Californiens frileux qu'ils étaient tous.

Leurs consommations servies, Anthony Madigan déclara en regardant autour de lui :

— Tous ces gens doivent être des nouveaux venus, comme moi, si j'en crois ce que vous m'avez dit tout à l'heure...

Alissa sourit, légèrement embarrassée de le voir évoquer les réflexions plutôt emphatiques qu'elle avait faites au bureau.

— Oh! j'ai peut-être un peu exagéré...

Il lui rendit son sourire et, devant cette première brèche ouverte dans sa raideur solennelle, elle eut l'impression que la tension qui régnait entre eux commençait à se dissiper en moins de temps que les vibrations de Minnie.

Lorsqu'il en fut à son second dry-martini, le nouveau client d'Alissa semblait déjà beaucoup plus à son aise. Carré dans son fauteuil, il avait étendu ses longues jambes devant lui. Et la jeune fille, qui essayait de se faire une idée de ce qu'il cherchait, était parvenue à lui tirer quelques renseignements, grâce à l'expérience acquise en trois ans de métier. Elle avait appris qu'il était venu de New York en voiture, qu'il était arrivé à Carmel en début d'après-midi, et qu'il avait retenu une chambre à l'*Auberge des Highlands*, à quelques kilomètres au sud de la ville. Il travaillait pour une société qui allait monter une filiale à San Francisco, et voulait trouver une maison de week-end, soit à Carmel, soit du côté de Santa Cruz.

– Mais je crois que je préférerais Carmel, conclut-il. J'ai l'impression qu'il vaut mieux investir ici plutôt qu'à Santa Cruz. Les terrains y prennent plus de valeur.

– C'est vrai. Mais, d'un autre côté, reconnut Alissa avec loyauté, Santa Cruz présente l'avantage d'être plus proche de San Francisco. Il y a au moins deux heures et demie de route pour venir jusqu'ici, et certainement davantage le week-end...

– Oh! cela n'entre pas en ligne de compte! J'ai un avion particulier...

Et sa longue main élégante balaya l'espace d'un geste négligent.

– Ah! fit Alissa d'un air faussement détaché.

Si elle avait l'habitude d'évoluer dans un monde de milliardaires, elle n'en faisait pas pour autant partie, et elle n'arriverait décidément jamais à s'accoutumer à certaines choses! Ainsi, par exemple, cette façon qu'ont les gens très riches de considérer le luxe comme parfaitement naturel...

Anthony Madigan ne fit pas la moindre allusion à sa vie privée. Mais il lui avait demandé des renseignements sur les écoles de la région, et il avait précisé qu'il voulait une grande maison, avec au moins quatre chambres et un accès aisé à la plage. D'où Alissa conclut qu'il devait avoir femme et enfants sur la côte Est. Mais alors, comment avait-il pu s'éloigner pendant le *Thanksgiving*, qui est avant tout une fête de famille?

Elle allait lui demander carrément s'il était marié

– après tout, c'était une question professionnelle! –, lorsqu'il réclama l'addition.

– Je vous en prie... C'est à moi! dit Alissa en faisant un signe discret à la serveuse.

– C'est vrai! Où avais-je la tête! rétorqua-t-il d'un air sarcastique. Votre charme et votre beauté m'avaient fait oublier que vous étiez un agent immobilier... et que j'entre dans vos frais!

Elle ignora ce compliment ambigu, et soutint son regard :

– Oh! disons que c'est plutôt un geste de bienvenue!

Rendons-lui justice, Anthony Madigan eut la grâce d'avoir l'air un peu embarrassé, et ils se dirigèrent en silence vers le bureau d'Alissa. Il était presque 5 heures, et les rues étaient à peu près désertes. Les rares touristes devaient être en train de se reposer avant le dîner, après avoir passé la journée à courir les magasins. Les commerçants, pressés de retrouver leurs familles, commençaient à fermer boutique. L'air était beaucoup plus frais que tout à l'heure, et il faisait suffisamment sombre pour que la jeune femme recommande à son client de regarder où il mettait ses pas.

– Faites attention! dit-elle. Quand on n'a pas l'habitude de ces trottoirs en terre battue, on risque de se prendre les pieds dans une racine!

– Oui... On ne peut pas dire que la ville soit particulièrement bien entretenue, dit-il en reprenant son air supérieur.

– Les arbres sont sacrés, ici! On n'y toucherait pour rien au monde : tout doit céder devant eux : les maisons, les rues, les gens... Vous verrez, il y a des arbres qui poussent en plein milieu de la chaussée, sur les trottoirs, à travers les palissades...

– On pourrait au moins mettre des lampadaires! grommela-t-il.

Devant cette critique hargneuse, elle répliqua d'un ton tranchant :

14

– Je suis sûre que les rues sont éclairées à Santa Cruz... Ce n'est pas comme ici, où l'on doit se promener le soir avec sa lampe... Pourquoi ne pas vous installer là-bas?

Cette fois, c'en était trop! Tant pis si ce gros client lui échappait! Elle en faisait son deuil. La vie était trop courte pour perdre son temps avec des New-Yorkais pinailleurs comme ce Madigan! Lorsqu'ils arrivèrent devant l'agence, elle se garda de faire allusion la première au rendez-vous de vendredi. Qu'il le confirme lui-même, s'il voulait... Et s'il n'en parlait pas, eh bien, elle était plus que ravie de voir cette affaire mal engagée en finir d'elle-même.

Anthony Madigan ne fit pas allusion au rendez-vous. Au lieu de cela, il s'adossa nonchalamment contre le magnifique cyprès qui poussait devant l'agence.

– D'après ce que je vois, il n'y a ni cimetière ni maison mortuaire, à Carmel... fit-il avec une pointe de mépris teinté d'amusement. Voilà pourquoi, sans doute, tant d'anciennes stars de cinéma viennent s'y installer... afin de conserver l'illusion hollywoodienne d'une jeunesse éternelle. Là où il n'y a pas de cimetière... qui sait? Peut-être que l'on ne meurt pas?

De plus en plus exaspérée, Alissa ne cherchait même plus à dissimuler l'antipathie que cet homme lui inspirait.

– Quoi que vous en pensiez, monsieur Madigan, il y a des êtres humains dans cette ville. Des gens qui meurent, qui sont malades, qui ont leurs problèmes, comme partout ailleurs! Seulement, c'est un tout petit village, qui couvre à peine deux kilomètres carrés, et compte moins de cinq mille habitants. Sans doute, il y a beaucoup de choses que nous n'avons pas ici, comme vous l'avez fait très justement remarquer : il n'y a pas de pavés sur les trottoirs, pas de lampadaires, sauf dans la rue principale. Pas de maison mortuaire, ni de cimetière. Nous n'avons pas non plus de boîtes de nuit,

15

ni même de juke-boxes dans les bars. Pas d'enseignes au néon. Parce que nous attachons trop de prix à la paix et à la beauté du cadre naturel dans lequel nous vivons! Et si vous allez faire un tour sur la plage, je vous défie bien d'y trouver ne serait-ce qu'un papier de chewing-gum!

Anthony Madigan murmura des mots inintelligibles et tendit la main vers elle. Mais la jeune fille recula. Soulevée par une vague d'indignation, elle poursuivit :

– Il n'y a pas de numéros sur les maisons non plus, ni de boîtes aux lettres. Et on ne distribue pas le courrier à domicile. Parce que le respect de la vie privée est une des plus anciennes traditions de Carmel. Et enfin, nous n'avons pas de prison, monsieur Madigan! Et lorsque, par exception, un crime est commis, nous envoyons l'assassin à Monterey. Je ne comprends vraiment pas comment l'idée d'acheter une maison dans un endroit aussi ridicule a pu vous traverser l'esprit! Pourquoi ne restez-vous pas à New York? Il ne manque pas de cimetières, là-bas, ni de prisons... Ni de criminels à enfermer!

Tremblante d'émotion, Alissa se dirigea d'un pas mal assuré vers sa voiture, garée au coin de la rue. Mais une main de fer se referma sur son bras, et il la fit pivoter d'un coup pour l'obliger à lui faire face. Le visage d'Anthony Madigan était impénétrable, et il était impossible à Alissa de deviner l'effet qu'avait produit sur lui cette violente tirade.

– J'ai encore une chose... Non, trois choses à vous demander, si vous avez une minute, lui dit-il sans se départir de son arrogance.

Elle jeta un regard glacial à la main qui la retenait toujours, et il desserra son emprise. Elle dit alors, comme à contrecœur :

– Oui?

– D'abord, est-ce que vous connaissez un bon avocat?

– Monsieur Madigan, je suis certaine que votre société a recours à un cabinet juridique qui pour rait vous renseigner mieux que moi. Je préférerais ne pas vous donner de conseil dans ce domaine...

– Mademoiselle Mallory! fit-il d'un ton très officiel, se mettant malicieusement au diapason. Je voudrais avoir l'avis d'une personne du coin, quelqu'un qui soit « au courant », comme vous... Je vous en prie. Aidez-moi. Même si je ne le mérite guère...

Alissa poussa un soupir. Elle était incapable de résister devant cet appel à son bon cœur, même formulé de façon détournée.

– Bon, d'accord! dit-elle avec mauvaise grâce. Sam Nelson est un excellent homme de loi. Vous trouverez son numéro de téléphone dans l'annuaire. Car figurez-vous que nous avons quand même un annuaire, dans ce pays de sauvages!

Il lui adressa un léger sourire, sortit un carnet de cuir noir de sa poche intérieure, et nota le nom de Sam. Puis, levant son stylo, plaqué or, il demanda :

– Pouvez-vous m'indiquer quelques bonnes boutiques de prêt-à-porter féminin?

Tout en enregistrant malgré elle cette miette d'information sur sa vie privée, elle lui donna l'adresse de plusieurs magasins, y compris celui de son amie Pamela, chez qui l'on pouvait trouver les derniers modèles des grands couturiers californiens. Il exigerait certainement ce qu'il y a de mieux pour Mme Madigan.

– Une dernière question, mademoiselle Mallory. Savez-vous par hasard si Persia Parnell, la star du cinéma muet, fait toujours partie des bienheureux élus qui ont la chance de couler des jours parfaits dans ce paradis terrestre?

Il faisait trop sombre, et Alissa en remercia le Ciel, pour qu'il pût remarquer la surprise et la méfiance qui avaient voilé son regard.

– Oui, elle vit ici. Pourquoi?

– Oh! rien de particulier. Simplement, il semble que mon grand-père ait été très lié avec cette femme, à une certaine époque, et il m'a si souvent parlé d'elle que j'ai pensé qu'il serait amusant de lui donner un coup de fil, puisque je suis dans les parages. Je suppose qu'il n'existe pas de plan de la ville, avec les maisons des stars, comme à Hollywood? fit-il avec un petit sourire dédaigneux.

– Non, effectivement! rétorqua-t-elle. Bon, si vous voulez bien m'excuser, monsieur Madigan...

– Encore une chose! reprit-il. Pouvez-vous m'indiquer un bon restaurant?

Sans même se retourner, elle lança :

– Il n'y a que de bons restaurants à Carmel, monsieur Madigan!

– A vendredi, alors?

– Je verrai ce que je peux faire! dit-elle en ouvrant la portière de sa voiture.

« Il peut toujours attendre que je le rappelle, celui-là! » fit-elle entre ses dents, avant de mettre le contact.

2

Charles Dickens lui-même, pensa Alissa, n'aurait pu imaginer tableau de famille plus chaleureux, plus paisible, plus douillet que celui qu'elle avait sous les yeux ce soir, comme tous les soirs, d'ailleurs. Le salon qu'elle connaissait depuis sa plus tendre enfance, tapissé dans de ravissants tons vieux rose, offrait un refuge tiède et délicieux, au cœur de cette froide nuit de novembre, avec son grand feu qui crépitait dans la cheminée de pierre. A l'autre bout de la pièce, entre les deux hautes fenêtres, trônait depuis toujours le guéridon en acajou. Au beau milieu, s'élevait une pyramide de pommes rouges et luisantes, nichées dans une large coupe en cuivre flanquée à gauche d'une jatte en vermeil débordant de noisettes et, à droite, d'un plateau d'argent avec une bouteille de sherry et six verres à liqueur. Dissimulée derrière un panneau de la bibliothèque, la chaîne stéréo que Debbie et Alissa avaient offerte à leur grand-mère pour Noël quelques années auparavant jouait un morceau célèbre de Haendel, « Water music », dont les accords harmonieux auraient calmé les nerfs les plus tendus...

Blottie dans une profonde bergère rose au coin de la cheminée, Debbie était occupée à se limer les ongles d'un air songeur. La grande table ronde, au milieu de la pièce, avait été recouverte d'une nappe en feutre vert. Une douce lumière, diffusée par un lustre Tiffany aux tons pastel, baignait les visages des cinq partenaires, rassemblés, comme chaque mercredi soir depuis des temps immémoriaux, pour leur partie de cartes. En plus d'Alissa, il y avait là les quatre autres habitants d'*Illyria*, la précieuse propriété de Granny, qui avait été divisée en appartements quelque vingt ans auparavant...

Tout ce petit monde – Granny, Burt Cosgreve et les Channing – était uni par des liens de profonde affection, et il régnait entre eux une entente parfaite. Alors, pourquoi Alissa se sentait-elle aussi mal à l'aise, ce soir, comme si sa place était ailleurs...

– Alissa!

Une note d'irritation perçait dans la voix de Granny.

– Mais tu es complètement dans la lune, ma petite fille! Qu'est-ce que tu fais? Tu suis ou tu passes?

– Hein? Heu... Excuse-moi, Granny! fit distraitement la jeune fille. Je passe...

John Channing ne put s'empêcher de protester.

– Comment? Tu passes? Avec quatre cœurs dans le jeu? Tu dois avoir une bonne main!

– Ecoute, John! fit sa femme Annie sur un ton de reproche. Occupe-toi de ton jeu! Alissa est assez grande pour savoir ce qu'elle fait!

– Ça, je n'en suis pas si sûre... marmonna Granny.

D'un geste adroit, elle distribua les dernières cartes. John Channing jeta un coup d'œil à son jeu, et une profonde déception se peignit sur son visage.

– Ça y est! Je suis fichu!

– Hé oui! On ne peut pas gagner à tous les coups... fit Burt Cosgreve en fourrant un jeton bleu dans la coupe au milieu de la table. Dix mille de plus! ajouta-t-il.

Annie Channing scruta ses cartes avec attention,

puis jeta un regard soupçonneux à Burt, dont le visage était resté impassible.

– Je parie que tu es encore en train de bluffer, Burt!

– Essaie, pour voir! Ça ne te coûtera jamais que dix mille dollars...

– Oh non! C'est beaucoup trop pour moi, merci bien! fit Annie en soupirant avant d'étaler son jeu devant elle.

Les magnifiques yeux noirs en amande de Granny brillaient d'excitation. Elle dit avec entrain :

– Je renchéris de dix mille, Burt!

– Allons-y, allons-y, chère amie!

Et il mit un autre jeton bleu dans la coupe. Puis il étala son jeu : une paire d'as, et trois reines.

– Alors? Tu as mieux?

– Oh! flûte! fit Granny en jetant son jeu sur la table. Moi qui croyais que tu étais en train de bluffer, toi aussi!

Puis, allongeant à travers la table sa longue main fine couverte de bagues, elle retourna le jeu d'Alissa.

– Non, mais regardez! Alissa avait un flush!

La jeune fille rétorqua, aussitôt sur la défensive :

– De toute façon, Burt aurait quand même gagné, avec le jeu qu'il avait!

– Là n'est pas la question, mon enfant! Tu sais très bien qu'il faut toujours tenter le coup! On ne sait jamais... Et puis Burt aurait fort bien pu ne pas avoir de suite! Surtout si tu ne t'étais pas abstenue...

– Oh, Granny! Qu'est-ce que cela peut bien faire! s'écria Alissa, perdant brusquement patience, ce qui n'était pas son habitude. On ne joue pas pour de l'argent, voyons!

Les quatre vieux partenaires échangèrent des regards réprobateurs, puis, l'un après l'autre, ils se levèrent en murmurant qu'il se faisait tard, et que cette pauvre Alissa avait eu une dure journée...

Tout à coup, de l'autre bout de la pièce, la petite voix flûtée de Debbie lança perfidement :

– Granny, demande un peu à Alissa comment elle trouve notre nouveau client!

Heureux de cette diversion, Granny et ses amis se tournèrent tous ensemble vers Alissa, et la vieille dame fit avec entrain :

– Oh, oui, chérie! Si tu nous parlais de ce nouveau client!

Alissa décocha à sa sœur un regard noir.

– Je ne sais pas de quoi Debbie veut parler! C'est un homme... et tout ce qu'il y a de plus ordinaire!

Tous les visages se tournèrent d'un seul élan vers Debbie, comme pour lui demander des explications. Du fond de son fauteuil, la jeune fille sourit paresseusement, de l'air d'un chat qui guette sa proie.

– C'est un homme... ça, il n'y a aucun doute! Mais c'est l'homme le plus séduisant que j'aie jamais rencontré!

Les quatre têtes se tournèrent à nouveau vers Alissa, qui décréta d'un air détaché :

– Il est peut-être séduisant, mais cela ne l'empêche pas d'être aussi déplaisant qu'Attila en personne!

Debbie protesta avec vigueur.

– Alissa, tu exagères! D'accord, il n'est pas très aimable, mais cela pourrait être pire... Reconnais-le!

– Oh oui! Il pourrait se précipiter sur les gens pour les taillader à coups de hache, par exemple! reconnut Alissa, non sans aigreur. Toi, tu l'as vu dans un de ses bons moments... Tandis que moi, j'ai été obligée de passer une bonne heure avec lui!

– C'est vrai? Oh! raconte-nous ça..., demanda Debbie d'une petite voix câline.

– Pour commencer, dis-nous un peu à quoi il ressemble! s'écria Annie Channing, les yeux brillants de curiosité.

– Oh la la! fit Alissa, au comble de l'exaspération.

Il est plutôt grand, avec des yeux bleus et des cheveux noirs. C'est tout!

Un peu déçue, Annie murmura :

– Il n'a pas l'air si séduisant que ça...

– Oh si! ajouta vivement Alissa, sans se rendre compte qu'elle était en train de se contredire. En fait, on dirait un prince irlandais du siècle dernier. Il en a tout à fait les manières, d'ailleurs!

Les autres, peu habitués à voir leur chère petite d'humeur aussi romantique, échangèrent une fois de plus des coups d'œil intrigués.

– Et comment s'appelle-t-il, ma chérie? demanda Granny.

– Anthony Madigan, répondit brièvement Alissa. Il est new-yorkais.

Occupée à contempler ses mains, la jeune fille ne remarqua pas la curieuse lueur qui s'était allumée dans les yeux de sa grand-mère.

– Qu'est-ce que tu veux dire par là, « il a les manières d'un prince irlandais du siècle dernier »? demanda Burt. C'est une drôle d'expression!

Alissa soupira d'un air excédé, tout en se demandant pourquoi cet interrogatoire, somme toute affectueux, la soumettait à une véritable torture.

– Je voulais dire que c'est un type d'une arrogance épouvantable! Un sale snob, bourré de préjugés! Bon, maintenant, si on essayait de changer de sujet?

– Mais tu ne nous a encore rien raconté! se lamenta John Channing.

– Comment ça, « bourré de préjugés »? insista Burt.

– Oh, vous savez bien ce que je veux dire! Un de ces New-Yorkais typiques, qui passent leur temps à tout critiquer. Il appelle Carmel « ce village de poupées », il a parlé de « l'illusion de l'éternelle jeunesse »... Enfin, ce genre de lieux communs!

A présent qu'elle répétait à voix haute les paroles d'Anthony Madigan, elle s'étonnait d'avoir pu les prendre si à cœur. Après tout, depuis le temps qu'elle vivait en Californie, ce n'était pas la première fois qu'elle entendait ce genre de réflexions!

Burt haussa les épaules.

– Bah! Ce n'est pas bien grave! L'Est et l'Ouest sont deux mondes différents, condamnés à ne jamais se comprendre... Enfin, tant que l'Est n'aura pas reconnu l'incontestable supériorité de l'Ouest!

Tout le monde applaudit en riant, mais Alissa se renfrogna encore davantage. Elle était furieuse de les voir prendre ainsi les choses à la légère. Et pourtant, elle savait bien que les critiques aigres-douces des gens de la côte Est étaient dues la plupart du temps à un sentiment d'envie bien excusable... Les joues en feu, elle leur répéta une réflexion d'Anthony Madigan qui l'avait irritée encore plus que le reste :

– Ah! Il a eu aussi le culot de demander si tu faisais toujours partie des « heureux élus qui coulent des jours parfaits dans ce paradis terrestre », Granny! Il paraît que tu as connu son grand-père... Et ce... cet Anthony Madigan s'est dit qu'il serait « amusant » de te donner un coup de fil!

– Ah! j'en étais sûre! Je le savais! triompha Granny. Dès que tu m'as dit son nom, j'ai tout de suite pensé que c'était le petit-fils d'Edward! N'est-ce pas là une coïncidence pour le moins étrange? Que le petit-fils d'Edward Madigan soit justement tombé sur ma petite-fille? C'est vraiment la main du Destin!

Alissa considéra sa grand-mère avec effarement. Le visage de la vieille dame rayonnait d'une sorte d'éclat intérieur, et ses grands yeux sombres brillaient d'un feu nouveau, comme si elle évoquait en elle-même quelque précieux secret.

Tous les regards se tournèrent vers elle. Ce n'était plus Jane Campbell qu'ils regardaient, ni Granny, leur charmante hôtesse, mais l'actrice, la femme fatale qui avait marqué les années 30, la partenaire de Navarro et de Rudolph Valentino, la glorieuse étoile de la scène et de l'écran : la grande, l'incomparable Persia Parnell!

– Alors, c'est vrai? fit Alissa d'une toute petite voix. Tu as connu son grand-père? Je me disais que c'était sans doute l'un de tes nombreux admirateurs, à qui tu avais dû donner un jour un autographe ou une photo! Tu sais comment sont les gens, ils exagèrent toujours... (Elle resta un instant songeuse, puis ajouta :) Il m'a dit que son grand-père parlait très souvent de toi...

Le visage de Granny s'illumina de tendresse.

– C'est vrai, il t'a dit ça? (Elle poussa un soupir heureux.) Ce cher Edward! Ah! j'ai bien souvent pensé à lui, durant toutes ces années...

– Alors, vous étiez très liés? demanda Debbie.

La vieille dame devint toute rose.

– Oui, si l'on peut dire... Oui, ma chérie, nous étions des amis très, très intimes...

Debbie et Alissa échangèrent en souriant un regard entendu. En plus de ses cinq maris, Granny avait trouvé le temps, au cours de sa vie tumultueuse, d'avoir bon nombre de ces « amitiés »...

Annie Channing, souriant d'un air gourmand, demanda à Granny :

– Tu n'as pas envie de faire la connaissance de ce jeune homme, Jane?

Granny tressaillit, redescendant brusquement sur terre, et sourit.

– Oh! si, bien sûr! Nous allons l'inviter à dîner pour *Thanksgiving*, demain soir. Alissa, chérie, appelle-le immédiatement! Dis-lui que Persia Parnell sera ravie de faire sa connaissance! Qu'il vienne vers 4 heures!

– Granny! s'écria Alissa, horrifiée. Mais je ne peux appeler un inconnu comme ça, de but en blanc, pour l'inviter à dîner un jour de fête!

– Ma chère petite, fit Burt en hochant la tête, tu sembles oublier le sens premier de cette fête! C'est justement l'occasion ou jamais d'inviter un étranger à partager notre repas!

– Et puis, d'ailleurs, il ne s'agit pas vraiment d'un étranger... Enfin, pas pour moi! ajouta Granny en rougissant à nouveau.

Alissa était au désespoir. Oh non! Elle n'allait quand même pas être obligée de téléphoner elle-même à ce type affreux! Pas après tout ce qu'il lui avait dit... Et surtout, pas après la sortie qu'elle lui avait faite! Elle s'adressa à sa grand-mère d'une voix implorante :

– Oh, Granny! Je ne peux pas supporter ce Madigan! Je t'en prie! Ne me demande pas de l'appeler! Tu ne peux pas l'inviter plutôt dimanche pour le thé? Pourquoi demain? Cela va nous gâcher tout notre plaisir!

John avait suivi cette discussion de l'air d'un petit garçon curieux qui écoute aux portes.

– Moi, je meurs d'envie de le connaître! Ce doit être quelqu'un de peu banal, pour exciter à ce point la haine de notre petite Alissa!

La jeune fille considéra d'un air mauvais tous ces visages qui guettaient sa réaction; elle rencontra le regard malicieux de sa traîtresse de sœur... et se leva avec dignité.

– Bon, bon! Je vais l'appeler à son hôtel, Granny, si cela peut te faire plaisir!

Et elle se dirigea sans grand enthousiasme vers le téléphone qui se trouvait dans l'entrée.

Pour comble de malchance, Anthony Madigan était dans sa chambre. Et la standardiste le lui passa aussitôt, avant même qu'elle ait eu le temps de préparer sa phrase.

– Madigan à l'appareil! dit-il de sa superbe voix grave.

– Euh... Ici, Alissa Mallory... nous nous sommes rencontrés cet après-midi...

Il y eut un silence, puis il répondit :

– Oui?

Dans cette seule syllabe, Alissa perçut tout à la fois de l'amusement, une pointe de dédain, et une note de triomphe...

– Je ne sais pas si je vous ai dit tout à l'heure que ma sœur et moi nous habitons chez notre grand-mère... (Oh! pourquoi sa voix avait-elle pris, malgré elle, ce ton humble?) Et... Eh bien, ma sœur parlait de vous tout à l'heure, et ma grand-mère a pensé... comme vous ne connaissez personne ici... que vous aimeriez peut-être vous joindre à nous demain soir pour le dîner de *Thanksgiving*...

Elle l'entendit respirer à l'autre bout du fil, et, le temps d'un éclair, le souvenir de son visage s'imposa à elle avec une précision inouïe... Elle revoyait la peau mate, les yeux bleus, les cheveux bruns, l'impressionnante carrure... Puis elle reprit la parole, s'efforçant de chasser la sensation étrange que cette vision soudaine avait provoquée en elle.

– Oh! vous avez certainement autre chose à faire... Mais c'est Granny qui m'a dit...

– Non, je suis libre! Je serai ravi de passer la soirée avec vous. Ainsi qu'avec votre sœur et votre grand-mère...

– Oh! répondit faiblement la jeune fille. J'en... j'en suis très contente. Il y aura d'autres invités, vous savez. A propos, l'homme de loi dont je vous ai parlé, Sam Nelson, il sera là, lui aussi. Bon, eh bien, c'est parfait... fit-elle, ne songeant plus qu'à raccrocher au plus vite.

– Si vous me donniez votre adresse? dit-il non sans une pointe d'amusement.

Elle lui expliqua comment trouver la maison, lui rappelant que c'était assez compliqué à Carmel, à cause de l'absence de numéros, et lui laissa son téléphone, au cas où il se perdrait.

– La maison s'appelle *Illyria*, c'est écrit sur la grille. A demain, vers 4 heures...

– A demain! Et dites à votre grand-mère que je suis extrêmement touché par ce trait typique d'hospitalité californienne...

Après avoir vainement cherché dans sa remarque un accent ironique ou une allusion offensante, elle promit de transmettre son message et raccrocha.

La Californie, en ce jour de *Thanksgiving*, s'était parée de sa plus belle lumière. Vers 10 heures du matin, tous les habitants de la maison, quittant leurs appartements respectifs, se réunirent pour prendre un petit déjeuner, chaleureux mais frugal, dans la vaste cuisine ensoleillée de Granny, qui, comme tous les jours de fête, allait devenir pour quelques heures le centre stratégique de la vieille demeure.

En tant qu'aînée de la jeune génération de cette petite tribu de parents et d'amis, Alissa se vit attribuer la responsabilité de l'organisation des festivités. Et ce fut elle qui répartit le travail.

Burt Cosgreve fut chargé de la dinde, depuis l'achat jusqu'au découpage, en passant par la cuisson. Cette tâche primordiale lui revenait de droit, d'abord parce qu'il était considéré comme « l'homme de la maison » et ensuite, parce que cet ancien restaurateur avait publié avec un énorme succès plusieurs livres de cuisine.

John et Annie Channing, des musiciens de l'orchestre symphonique de Philadelphie à la retraite, furent préposés à la tourte au potiron et au cake pour le dessert.

Quant à Granny, en dépit de son titre de propriétaire et de doyenne – elle avait quatre-vingts ans – ainsi que de son glorieux passé, elle fut reléguée aux besognes les plus grossières : comme elle n'avait jamais manifesté de sa vie le moindre talent culinaire, on lui confia l'épluchage des patates douces et autres oignons, en attendant qu'elle débouche les bouteilles.

Debbie, elle, s'était vu attribuer le soin de faire les courses et de mettre la table. C'était aussi elle qui devait desservir, avec Alissa... Enfin, si on parvenait à lui mettre la main dessus avant qu'elle ne s'éclipse avec le petit ami qui était convié lui aussi aux festivités...

Au début de l'après-midi, les choses semblaient

déjà bien parties... Et Alissa monta à son appartement prendre un bain et se changer. Debbie et elle occupaient les deux appartements sans cuisine, et prenaient tous leurs repas avec leur grand-mère. Chacun se composait d'une petite chambre et d'une grande salle de séjour avec vue sur la mer. Les deux jeunes filles partageaient la même salle de bains. Quant aux deux autres appartements, dans lesquels vivaient Burt et les Channing, ils étaient totalement indépendants, et parfaitement équipés.

Lorsque, vingt ans auparavant, Granny s'était rendu compte que sa chère maison était le seul bien qui lui restait, elle avait fait faire des travaux pour y loger des locataires. C'était l'un de ses « amis intimes », un architecte très connu, qui s'était chargé de tout. Par une chance extraordinaire, il se trouvait que tous les habitants de cette grande maison s'entendaient à merveille. Les Channing étaient là depuis dix ans, et Burt depuis douze. Quant aux deux sœurs, elles étaient venues s'installer chez leur grand-mère lorsqu'Alissa était entrée au lycée. Les vagabondages imposés par la carrière militaire de leur beau-père n'étaient, en effet, guère compatibles avec leur scolarité.

Alissa, plongée jusqu'au cou dans la mousse odorante, songeait à sa mère. Si seulement elle avait pu venir passer les fêtes ici! Au lieu de cela, elle devait rester en Allemagne avec leur beau-père. Qui sait? Peut-être pourrait-elle passer le jour des Rois avec ses filles, puisque, pour Noël, son mari, peu soucieux des liens familiaux, avait déjà décidé d'aller faire du ski dans les Alpes... Parfois, les deux sœurs parlaient, non sans regret, de la vie qu'elles auraient pu avoir si leur père, un séducteur chevronné, ne les avait pas abandonnées petites filles, avec leur mère, pour aller jouer les cascadeurs à Hollywood, ce qui avait d'ailleurs fini par lui coûter la vie.

Tout en s'habillant, elle s'efforça de chasser le trouble qu'éveillait en elle le souvenir de cet insupportable New-Yorkais. Au fond d'elle-même, elle devait s'avouer que Debbie et Granny n'avaient pas si tort que ça : elle se méfiait de l'amour. Car l'expérience qu'elle avait acquise au cours de sa jeune existence l'avait convaincue que l'amour et le mariage sont des pièges cruels, qui n'apportent aux femmes que le malheur et la souffrance. Elle n'avait qu'à regarder autour d'elle : Granny, qui s'était mariée cinq fois, s'était retrouvée seule. Sa fille, la mère d'Alissa, n'avait guère eu plus de chance : son premier mariage, de courte durée, s'était très mal terminé. Quant à elle, Alissa, elle avait reçu le baptême du feu à l'âge de dix-huit ans, lorsque le jeune homme dont elle était éperdument amoureuse avait été pris de panique une semaine avant le mariage, et l'avait abandonnée pour aller planter des haricots en Oregon. Elle se souvenait encore du chagrin et de l'humiliation qu'elle avait alors ressentis.

Etant donné ses préjugés pour le moins pessimistes en matière d'aventures amoureuses, Alissa préféra ne pas trop analyser l'émotion qui l'agitait en ce moment. Ni se poser de questions sur les raisons pour lesquelles elle avait consacré à sa toilette plus de soin qu'à l'ordinaire. Elle se parfuma légèrement d'une touche de son eau de toilette favorite derrière l'oreille et au creux du poignet, et alla se considérer d'un œil critique dans une glace en pied. Après quelques hésitations, elle s'était décidée pour une robe en lainage de teinte automnale, tirant sur le rouille. La taille Empire mettait en valeur sa poitrine ronde, et la jupe retombait en plis souples sur ses hanches fines. Elle avait mis le collier d'ambre que Granny lui avait offert pour ses vingt et un ans, et les boucles d'oreilles en or que sa mère lui avait envoyées de Florence. Elle enfila des escarpins marron ornés d'une boucle en écaille, et, après un dernier coup de peigne, descendit l'escalier pour rejoindre les invités.

3

En entrant dans le salon, Alissa remarqua que tout le monde était déjà là, à l'exception d'Anthony Madigan. Elle alla donner un petit baiser amical à Sam Nelson, plongé dans une discussion fort animée avec Burt. Sam, qui devait avoir dans les trente-cinq ans, était un habitué de la maison et l'un des soupirants d'Alissa. Divorcé, père de trois enfants qu'il prenait chez lui pendant les vacances, Sam semblait tout à fait le genre d'homme susceptible de convenir à une jeune fille comme Alissa : il éprouvait envers les sentiments passionnés et romanesques une méfiance au moins égale à la sienne!

Debbie, elle, s'était isolée dans un coin avec son nouveau petit ami, Ray Snelling, garçon charmant, mais encore très jeune, étudiant en médecine à l'université de San Francisco. Les études de Ray et la distance qui séparait San Francisco de Carmel ne permettaient pas aux amoureux de se voir très souvent, si bien que l'essentiel de leurs relations consistait en d'interminables conversations téléphoniques. Alissa préféra ne pas les déranger, pour une fois qu'ils avaient l'occasion de se voir, et alla s'asseoir auprès de Granny.

Le charme incomparable qui avait si bien servi Persia Parnell tout au long de sa carrière ne s'était nullement atténué avec le temps. En dépit de ses quatre-vingts ans, Jane Campbell avait une telle présence qu'elle demeurait sans effort le pôle d'attraction de toutes les réunions auxquelles elle assistait. Ce soir-là, vêtue d'une robe du soir mauve simplement rehaussée d'un collier à quatre rangées de perles superbes, elle tenait sa cour au coin du feu, trônant au milieu de ses invités dans sa bergère rose. Ses cheveux d'une blancheur éblouissante étaient remontés en un chignon élégant, qui mettait en valeur la beauté de son visage aux traits fins.

– Tu es ravissante ce soir, ma chérie! dit la vieille dame à Alissa. Et ta beauté n'a d'égale que ta bonté... Chaque jour que Dieu fait, je remercie le Ciel de m'avoir envoyé deux petites-filles aussi charmantes pour consoler mes vieux jours...

Alissa ouvrait la bouche pour répondre lorsqu'on entendit la sonnette de la porte d'entrée. Et elle s'aperçut brusquement avec effroi qu'elle avait complètement oublié, dans l'agitation de la veille, de prévenir Anthony Madigan que sa grand-mère était Persia Parnell! Il fallait à tout prix qu'elle lui parle avant que Granny ne s'aperçoive qu'il ignorait à qui il avait affaire! Puis une horrible pensée lui traversa l'esprit : puisqu'il ne savait pas qui était Granny, il avait dû penser que cette invitation n'était qu'un prétexte pour le revoir! On n'invite pas un inconnu comme ça, sans raison, de but en blanc, à une fête de famille... Qu'allait-il imaginer? Mon Dieu! Quelle humiliation!

John Channing, qui, toujours curieux, s'était posté près de l'entrée, se précipita pour accueillir le dernier invité... Et Alissa se sentit défaillir... Oh! si la terre avait pu s'ouvrir et l'engloutir à tout jamais!

Anthony Madigan pénétra dans la pièce et s'avança vers Granny pour la saluer. Toutes les suppositions d'Alissa sur ce qu'il avait ou non imaginé des intentions de la jeune fille s'effondrèrent : en voyant la stupéfaction qui se peignit sur le visage d'Anthony, elle comprit qu'il avait reconnu Granny. Mais il se reprit si vite que personne n'eut le temps de remarquer quoi que ce soit. Il s'adressa à la vieille dame avec tout le respect et toute la déférence qui lui étaient dus, et s'inclina pour lui baiser la main.

– Mademoiselle Parnell... Je suis enchanté...

Mais, en se redressant, il décocha à Alissa un regard menaçant. Elle prit un air coupable et baissa la tête, glacée par la froideur de ses yeux bleus. Granny le présenta comme l'invité d'honneur, puis le fit asseoir en face d'elle et, usant de tout son charme, entreprit de l'accaparer.

Alissa jeta autour d'elle un coup d'œil affolé, cherchant un prétexte pour s'éclipser. Mais sa grand-mère l'avait vue.

– Ne t'en va pas, chérie! Apporte ce fauteuil et viens donc t'asseoir à côté de nous...

Cette invitation affectueuse ne trompa nullement la jeune fille... C'était un ordre, ni plus ni moins. Et elle obéit à contrecœur.

Tandis que ces deux personnages hors du commun se lançaient dans les préambules, Alissa en profita pour examiner Anthony du coin de l'œil. Debbie avait raison : c'était l'homme le plus séduisant qu'elle ait jamais rencontré! Il portait ce soir-là un pantalon de flanelle grise, un blazer bleu marine classique, avec une chemise blanche, une cravate rayée, et des boots de cuir souple. Et si sa tenue était moins stricte que la veille, son attitude aussi était moins arrogante... Vis-à-vis de Granny, du moins.

Puis, remarquant la profonde tristesse qui se peignait sur le visage de sa grand-mère, la jeune fille prêta l'oreille à leur conversation.

– Et ce n'est qu'en triant les papiers personnels de grand-père que je suis tombé sur ces photos..., disait Anthony. Il y en avait une de ces collections! Presque tous vos rôles! Et puis des lettres aussi... Toutes sortes de choses...

Anthony Madigan fit une pause, comme pour donner à Granny l'occasion de faire des commentaires. Comme elle se taisait, il poursuivit :

– Alors, comme je devais me rendre en Californie, j'ai préféré ne pas vous écrire... Et je comptais vous appeler, afin de vous annoncer la nouvelle de vive voix, au cas où vous n'auriez pas été prévenue...

Les lèvres de Granny tremblaient, et des larmes brillaient dans ses yeux.

– Non, non, je n'étais pas au courant... Mais s'il était bien une chose au monde qui pouvait adoucir un peu l'amertume de cette triste nouvelle, c'était de l'entendre de votre bouche... Je vous remercie de tout mon cœur pour cette délicate attention...

Alissa fut troublée en voyant la peine sincère qui se lisait sur le visage d'Anthony. Et elle eut honte d'elle-même. Honte d'avoir, contre son habitude, jugé cet homme sur une première impression.

Sur quoi, Anthony, sans doute pour permettre à Granny de se remettre de son émotion, changea adroitement de sujet : tout en jetant à Alissa un regard perçant, à l'insu de la vieille dame, il dit à Granny :

– N'est-ce pas là un étrange hasard, que la première personne à laquelle j'aie adressé la parole en arrivant ici soit justement votre petite-fille?

Granny sourit joyeusement.

– Oh, si! Et je suis prête à parier qu'une rencontre aussi providentielle ne peut que se terminer d'heureuse façon...

Debbie, qui s'approchait à ce moment-là, entendit la réflexion de sa grand-mère et fit en riant :

– A ta place, Granny, je ne parierais pas là-dessus!

Le moment de passer à table était arrivé, et Alissa se leva avec soulagement, pour aller prendre le bras de Sam. Debbie les avait certainement placés l'un à côté de l'autre, comme d'habitude... Mais Alissa ne tarda pas à se rendre compte que sa chère petite sœur avait encore fait des siennes : elle avait mis Granny à un bout de la table, et Burt à l'autre. Quant à Anthony, l'invité d'honneur, il était à la droite de Granny, et Alissa se retrouvait entre Sam et lui, tandis qu'Annie était à la droite de Burt. De l'autre côté, John Channing, Debbie et Ray. Si bien que tous les trois étaient installés confortablement, tandis qu'Alissa, coincée entre ses deux voisins, pouvait à peine saisir sa fourchette sans heurter un bras ou une épaule!

Burt Cosgreve se leva et, souriant à la ronde d'un air paternel, saisit une bouteille de vin.

– Nous avons aujourd'hui deux invités d'honneur! M. Madigan, et... cette bouteille! Un de mes amis courtier en vins m'a fait cadeau d'une caisse de Montrachet, le roi des vins blancs français!

Un murmure de plaisir accueillit cette déclaration. Burt se pencha pour remplir le verre de Granny.

– C'est vraiment un très beau cadeau! fit Anthony Madigan sans réfléchir. Moi qui pensais boire ce soir du vin de Californie!

Il y eut un silence, et Alissa, tout en se demandant comment elle avait pu, ne serait-ce qu'un instant, oublier à quel odieux personnage elle avait affaire, répondit aigrement :

– Voulez-vous insinuer que le vin californien ne vaut pas le vin français, monsieur Madigan?

Anthony lui décocha un sourire moqueur.

– Ma parole, mais vous êtes paranoïaque, mademoiselle Mallory! Vous me faites penser aux New-Yorkais!

Burt toussota, et lança d'une voix enjouée :

– Voyons, Alissa! Je suis sûr que M. Madigan ne pensait pas à mal! De toute façon, mon enfant, c'est de notoriété publique : le Montrachet est le meilleur vin blanc du monde!

Ravalant sa rage, Alissa sourit d'un air affable :

– Vous avez sans doute raison, Burt! Mais si, par extraordinaire, M. Madigan préfère quand même le vin de mauvaise qualité, je crois que nous devons avoir quelques bouteilles d'un vin de la côte Est dans le fond du garage...

– Oh! ça suffit comme ça, reprit cette fois John Channing. Nous n'allons quand même pas nous disputer à cause de quelque chose d'aussi délicieux que le vin! Souvenez-vous des paroles de Walter Scott : « Dieu, dans son incomparable bonté, a créé le vin pour réchauffer le cœur des hommes. Bien fou celui qui trop en boit... Plus fou encore celui qui point n'en boit! »

Au milieu du rire général, Anthony se tourna vers Alissa en souriant. Elle seule décela la lueur mauvaise cachée au fond de ses yeux bleus.

– Alors, on enterre la hache de guerre? proposa-t-il à voix haute. (Puis il lui murmura à l'oreille ce qu'elle ressentit comme une menace :) Pour l'instant du moins!

Les convives commençaient à trouver que la plaisanterie durait trop. Alissa n'avait guère le choix : elle dut s'incliner. Les deux adversaires échangèrent un dernier regard lourd de sous-entendus, tandis que Granny réclamait le silence.

– Je voudrais proposer un toast, si vous me le permettez!

Et elle leva son verre en lançant à Anthony et à Alissa un regard énigmatique.

– Que Dieu bénisse cette demeure, et qu'elle devienne un jour le foyer de tous ceux qui sont ici réunis ce soir! Joyeuse fête à tous!

Le toast porté par Granny détendit l'atmosphère, et tout le monde retrouva bientôt son entrain en attaquant la soupe à l'oignon. Alissa avait beau serrer les coudes et se faire toute petite, elle avait l'impression que ce Madigan prenait toute la place! A plusieurs reprises, son bras musclé vint, comme par inadvertance, frôler son épaule – il le faisait exprès, elle en était sûre! – et elle sentait même de temps en temps la chaleur de son genou contre le sien. Cette promiscuité finit par la plonger dans un état bizarre et lui couper l'appétit.

Granny, en revanche, était en pleine forme. Elle égaya le repas en leur racontant en détail une

soirée extravagante que Charlie Chaplin avait donnée en l'honneur de lord Mountbatten et de sa
femme Edwina, au cours de leur voyage de noces à
travers les Etats-Unis.

– J'avais à peine vingt-deux ans... Un an de plus
que toi, Deborah! fit Granny d'un air songeur.

– Et vous connaissiez déjà mon grand-père, à ce
moment-là? demanda Anthony Madigan.

– Non, j'approchais la trentaine lorsque je l'ai
rencontré... C'était l'année de la Grande Dépression... Nous étions tous complètement fauchés, à
l'époque! Et pourtant, quand j'y pense, ce sont
parmi les meilleurs souvenirs de ma vie! A ce
moment-là, on gagnait des fortunes, que l'on reper-
dait le lendemain... Mais l'argent ne représentait pas
grand-chose à nos yeux... Et puis, nous étions jeunes, nous avions l'avenir devant nous! Et comme
nous étions tous embarqués sur la même galère,
nous nous tenions les coudes! Nous tirions parfois
le diable par la queue, mais quelle importance!

– Que croyez-vous que nous fassions, aujourd'hui? l'interrompit Sam Nelson. Nous aussi,
nous vivons au jour le jour! En fin de compte, l'inflation, cela revient au même que la dépression!

Tout le monde éclata de rire et acquiesça
bruyamment. Tout le monde, sauf Anthony Madigan, remarqua Alissa. Il suivait la conversation avec
intérêt, mais sans y prendre part. Au moins, avait-il
le bon goût de ne pas se prétendre victime de
l'inflation! Elle avait tellement vu de ces milliardaires qui se plaignent du prix de l'essence, ce qui ne
les empêche pas de se déplacer en Rolls et d'acheter des rivières de diamants à leur épouse! Alissa
n'avait rien contre les gens riches, du moment qu'ils
se servaient de leur fortune pour des choses utiles,
et surtout, du moment qu'ils ne se croyaient pas
supérieurs au commun des mortels, pour la seule et
unique raison qu'ils avaient eu plus de chance que
les autres...

Lorsque le dîner toucha à sa fin, tout le monde

était conquis par le charme d'Anthony Madigan. Tout le monde, sauf, bien sûr, Alissa! Il se consacrait tout particulièrement à Granny, et la vieille dame, aux anges, semblait fondre de plaisir à la chaleur de ces attentions masculines. Au dessert, elle le traitait déjà comme s'ils avaient été des amis de longue date.

Cette complicité affectueuse se poursuivit après le dîner, quand on servit liqueurs et digestifs au salon. On s'émerveillait de voir, penchées l'une vers l'autre, ces deux têtes si dissemblables : celle de Granny, avec ses cheveux argentés, et celle d'Anthony, avec ses épaisses boucles noires...

John Channing avait fini par convaincre Sam Nelson, Alissa et Annie de faire un bridge. Un bridge, parce que l'on considérait, à *Illyria*, qu'il fallait être au moins cinq pour un poker. Et Debbie avait refusé d'y participer, comme d'habitude. D'ailleurs, elle n'avait pas tardé à s'éclipser en compagnie de Ray.

Il était presque 9 heures lorsqu'Alissa, qui était pourtant excellente bridgeuse, perdit lamentablement la seconde partie.

– Je suis désolée, Sam! dit-elle à son partenaire. Je ne sais pas ce que j'ai, ce soir...

– Ce n'est pas grave, dit-il pour la réconforter. Vous n'avez pas de chance, c'est tout!

Mais il savait bien que la chance n'y était pour rien. Alissa avait à plusieurs reprises commis des erreurs indignes même d'un débutant...

Lorsqu'il se leva pour prendre congé, la jeune fille fut submergée par une vague de panique, comme si le départ de Sam allait la laisser à la merci d'Anthony Madigan.

– Oh, Sam! Vous n'allez pas partir si tôt! s'écria-t-elle.

– Je suis vraiment flatté, Alissa! fit Sam très surpris. Mais il faut que j'y aille. Je dois me lever tôt demain, je vais à San Francisco chercher les enfants pour le week-end...

Quelques minutes plus tard, après avoir raccompagné Sam jusqu'à la porte, Alissa retourna lentement dans le salon et vit avec soulagement qu'Anthony Madigan était en train de faire ses adieux.

Alissa l'observa de loin. Il avait vraiment fière allure, avec ses larges épaules et son beau visage volontaire, debout au milieu de ces vieillards qui lui souriaient avec affection. Ils avaient tous succombé à son charme. Mais pas elle! Elle ne rêvait que du moment où la porte se refermerait enfin derrière lui... « Et pour de bon! » souhaitait-elle ardemment en son for intérieur.

Granny aperçut Alissa dans l'entrée, et lui cria :

– Viens ici, ma chérie! Anthony a besoin de toi.

Méfiante, elle s'avança prudemment vers eux, comme si elle s'apprêtait à traverser un désert aride... Et elle rencontra le regard froid de ses yeux bleus. Une fois de plus, elle fut envahie par cet étrange mélange de peur et de fascination que cet homme avait le don d'éveiller en elle.

– Je voudrais que tu raccompagnes Anthony jusqu'à sa voiture! Va chercher la lampe, Alissa chérie!

Alissa s'arracha au charme de ces yeux bleus, et considéra sa grand-mère d'un air horrifié. Ce n'était pas la première fois que Granny essayait de jouer les entremetteuses avec elle, mais d'habitude, elle y mettait quand même plus de formes!

– Tu comprends, dit Granny, comme pour se justifier, Burt est très enrhumé. Quant à John, son genou le fait beaucoup souffrir ce soir... N'est-ce pas, John?

Anthony Madigan haussa ses larges épaules.

– Je ne voudrais pas causer le moindre dérangement... J'ai déjà bien assez abusé de votre hospitalité!

Granny leva bravement le menton, et fit avec un petit air de martyr :

– Mais pas du tout, Anthony! Je vais vous raccompagner moi-même... Donnez-moi une seconde pour aller chercher mon châle. On devient un peu frileux avec l'âge!

– Oh! je t'en prie, Granny! soupira Alissa, résignée. Je vais raccompagner M. Madigan jusqu'à sa voiture, si cela peut te faire plaisir! D'ailleurs, je n'avais pas refusé!

Granny, tout sourire, à présent qu'elle était parvenue à ses fins, dit au revoir à Anthony en lui faisant promettre de revenir bientôt.

– Nous pourrions parler tranquillement... Nous avons tant de choses à nous dire!

Eclairant le sentier avec sa lampe, Alissa se dirigea droit vers le coin de la rue, où Anthony affirmait avoir garé sa voiture. L'air vif de la nuit lui fouettait le sang, la tête lui tournait un peu, et son cœur battait à tout rompre, comme si un danger la guettait dans l'ombre. Ce qui était, bien sûr, ridicule! Pourtant, lorsqu'Anthony lui prit la lampe des mains et l'éteignit, elle étouffa malgré elle un cri de frayeur.

– Que...?

– Le moment est venu de vous expliquer, mademoiselle! fit-il sur un ton menaçant.

Sa voix profonde résonnait étrangement dans l'air nocturne.

– Que... que voulez-vous dire? Je pense que vous n'avez plus besoin de moi à présent... Veuillez me rendre ma lampe, s'il vous plaît, que je puisse rentrer...

– Oh! vous avez sûrement des choses plus intéressantes à faire que de passer quelques minutes en ma compagnie! Toutefois...

– Beaucoup plus intéressantes, effectivement, monsieur Madigan! l'interrompit-elle. Comme de faire la vaisselle, par exemple.

Il étouffa un juron et la prit brutalement par les épaules.

– Pourquoi ne m'aviez-vous pas dit que votre grand-mère était Persia Parnell?

Alissa resta sans voix pendant une seconde. Alors,

voilà pourquoi il s'était montré si désagréable avec elle ce soir! Il était furieux! Et elle qui croyait qu'il la trouvait tout simplement antipathique!

– Eh bien, je... J'avais oublié! dit-elle faiblement.

Sans prêter la moindre attention à ses paroles, ni aux efforts désespérés qu'elle faisait pour se libérer, il poursuivit avec rage :

– Vous vouliez me ridiculiser en pensant que je n'allais pas reconnaître votre grand-mère! Vous espériez que je ferais des réflexions désobligeantes sur la Californie ou sur Hollywood? Que je commettrais gaffe sur gaffe au point de n'avoir plus la moindre chance de me rattraper? C'est ça?... Allez, avouez! conclut-il en la secouant comme un prunier.

Alissa commençait à être prise de panique. C'était un fou! Il délirait, ma parole! Les joues en feu, tremblante de peur et de colère, elle rassembla toutes ses forces pour le repousser.

– Je ne comprends rien à ce que vous dites! Si vous croyiez que je prendrais le risque d'exposer ma grand-mère à une insulte, ou de la mettre dans une situation embarrassante à cause d'un type comme vous! J'aime ma grand-mère de tout mon cœur, figurez-vous! Maintenant, vous allez me laisser partir, espèce de... espèce de... (Elle se creusa la cervelle pour trouver une injure cinglante.) Espèce de sale New-Yorkais!

A ces mots, il relâcha instantanément son étreinte, mais sans la libérer pour autant. Il y eut une seconde de silence, puis elle entendit un gigantesque éclat de rire. Ce rire si clair, si franc, qui résonnait dans l'air pur de la nuit, eut sur Alissa un effet inattendu : elle sentit son cœur fondre d'une inexplicable tendresse. Sans cesser de rire, mais plus doucement, Anthony la prit dans ses bras et la serra contre lui. Ses jambes se dérobaient sous elle et, prise d'une étrange langueur, elle dut s'appuyer à lui pour ne pas tomber.

Anthony enfouit son visage dans la chevelure

parfumée de la jeune fille et soupira, comme si ce fou rire irrésistible le laissait sans forces :

– Bon, bon! D'accord! Vous avez gagné la première manche, mademoiselle la Californienne!... Et pourtant, murmura-t-il dans le creux de son oreille, cela me dépasse : comment avez-vous pu « oublier » que Persia Parnell était votre grand-mère, quand je vous ai posé des questions si précises sur elle?

Tout se brouillait dans l'esprit d'Alissa. Blottie contre la poitrine d'Anthony, elle était à présent en proie à une sorte d'engourdissement délicieux. Son corps tout entier palpitait d'une vie nouvelle, comme si elle se réveillait d'un long sommeil...

C'est vrai, comment avait-elle pu « oublier » une chose pareille? Et hier, quand elle lui avait téléphoné, quelle était donc cette émotion inconnue qui s'était emparée d'elle au point de lui faire ainsi perdre tous ses moyens? Cette émotion affolante qu'elle éprouvait justement en ce moment, se dit-elle en plongeant son regard éperdu dans les profondeurs de ses yeux bleus, comme pour y chercher une réponse... Elle baissa les paupières et, lentement, le visage d'Anthony se rapprocha du sien... Et lorsque ses lèvres brûlantes se posèrent sur sa bouche, elle ne chercha même pas à résister. Il la prit doucement par la taille et l'écrasa contre son corps musclé. Pendant quelques secondes, ils ne furent plus qu'un seul être...

Bientôt il détacha ses lèvres et murmura, tout près :

> *Par un beau jour de novembre*
> *Une vague immense surgit sur l'océan*
> *Et telle une montagne de lumière*
> *Déferla sur l'Ouest...*

Puis il s'empara de nouveau de sa bouche et la serra si fort contre son cœur que la jeune fille ne songea plus qu'à être encore plus près de lui... plus près à jamais...

Tout à coup, un bruit de moteur vint rompre le silence de la nuit. Une portière claqua, et le pas vif de Debbie résonna sur le trottoir.

– Oh! j'espère que je ne vous dérange pas! fit-elle d'un air malicieux en passant devant Anthony et Alissa qui s'étaient écartés l'un de l'autre et se tenaient immobiles, frissonnant légèrement dans l'ombre humide des grands pins.

Un peu plus tard, Alissa, sagement couchée dans son grand lit, se demandait comment les choses se seraient terminées si Debbie n'était pas arrivée fort à propos pour la « sauver »...

Puis elle songea au rendez-vous qu'ils avaient pris pour le lendemain. L'idée de le revoir la remplissait d'une sorte d'angoisse terrible et délicieuse. Et elle se tourna et se retourna longtemps sur son lit sans pouvoir trouver le sommeil.

Que penser de cet homme bizarre? Lui qui affectait le plus profond mépris pour la Californie, voilà qu'il s'interrompait au beau milieu d'un baiser pour citer des vers de Robinson Jeffers, le poète qui avait su, mieux que personne, exprimer l'essence et le charme incomparables de ce pays attachant... Avec ses falaises déchiquetées, ses arbres tordus et sculptés par le vent de la mer, et ses plages de sable fin, d'une blancheur de neige...

4

Ce matin-là, Alissa considéra sa garde-robe avec une indécision qui ne lui ressemblait guère. Elle voulait trouver une tenue en harmonie avec son humeur, mais adaptée aussi aux circonstances. Quelque chose d'élégant, mais sans trop de recherche, de gai, mais sans frivolité. Prenant comme point de départ ses bottes en cuir bordeaux, elle jeta son dévolu sur un tailleur en laine de couleur prune et sur un chemisier en coton rose indien. Puis, après s'être examinée des pieds à la tête dans le miroir, elle décida qu'elle était encore trop... provocante, trop féminine! Elle tordit sa lourde chevelure et l'épingla sur sa nuque en un chignon discret. Parfait! Cette fois, elle n'avait plus l'air de se rendre à un rendez-vous galant! Elle faisait très « femme d'affaires »!

Mais finalement, elle aurait tout aussi bien fait de mettre son imperméable... Du moins, c'est la pensée qui lui traversa l'esprit au bout de deux heures passées en compagnie d'Anthony Madigan, qu'elle était allée prendre à son hôtel pour lui faire visiter des maisons. De fait, elle avait l'impression de servir de chauffeur à un cyclone ambulant! La maison des Petersen ne lui convenait pas à cause du garage. Celle des Bentley avait une couleur affreuse. Quant aux trois autres, elles étaient respectivement : « ennuyeuse », « loufoque », et « lugubre »...

Ces critiques acerbes étaient émises avec un

laconisme exaspérant et, qui plus est, avec une irritation croissante. Alissa avait la pénible impression d'être un marchand véreux qui propose à un prince de sang des denrées de qualité douteuse. Enfin! il avait quand même la politesse d'attendre d'être hors de portée de voix des propriétaires pour distiller son venin sur leurs chères demeures!

Après avoir refusé la cinquième maison, Anthony remonta dans la voiture d'Alissa et lui dit d'un ton sec, en claquant la portière avec rage :

– Je vous rappelle que je voulais visiter la maison que j'ai vue en photo sur votre panneau d'affichage! Mais cela aussi vous est « sorti de la tête »...

– Et moi, je vous rappelle que Mme Wanamaker nous a fixé rendez-vous en fin de matinée! Et que c'est vous qui avez insisté pour en visiter d'autres, pas moi!

– On est en fin de matinée, maintenant, non? Alors, allons-y! dit-il en regardant par la vitre d'un air buté.

– Vos désirs sont des ordres! marmonna Alissa en mettant le contact.

Anthony lui lança un coup d'œil moqueur :

– Vous êtes vraiment ravissante quand vous êtes en colère!

– Très drôle!

Elle lui décocha un regard mauvais et prit la direction de la mer. Il lui était déjà arrivé d'avoir affaire à des clients désagréables, prêts à tout critiquer par principe. Mais cette fois, c'était vraiment un comble! Après le tour inattendu qu'avaient pris leurs relations la veille au soir, elle avait pensé qu'il y aurait une certaine gêne entre eux. Mais jamais elle ne se serait attendue à une attitude aussi hostile! Pour un peu, on aurait dit qu'il la rendait responsable de ce qui s'était passé! Qu'il lui en voulait! Alors que ce n'était vraiment pas de sa faute! D'ailleurs, il ne lui plaisait même pas, ce type! Et elle n'avait pas la moindre intention de lui courir après, si c'était ce qui lui faisait peur!

Alissa s'engagea dans une rue proche de la maison de Granny. Minnie Wanamaker habitait le même quartier, un peu plus haut sur la colline qui surplombait la mer. Elle arrêta la voiture devant une superbe demeure en séquoia, avec d'immenses baies vitrées. Anthony sortit sans un mot et Alissa le rejoignit dans le jardin. Elle se tenait derrière lui, avec, toujours, cette désagréable impression d'être une domestique attentive aux ordres de son prince. Il resta là quelques minutes, les mains dans les poches, à contempler la baie qui s'étendait à leurs pieds. Puis il prit une profonde inspiration.

– Voilà qui est mieux! dit-il d'un air satisfait.

Alissa, elle aussi, considérait avec ravissement ce paysage familier qui, vu sous un angle inhabituel, offrait à ses yeux un visage nouveau. Elle distinguait le grand cyprès qu'elle aimait tant, tout au bout de la plage, sur un rocher en saillie, semblable à une plante japonaise, avec son tronc couleur d'ivoire, poli et sculpté par les vents marins, et ses branches qu'il étirait désespérément en arrière, vers le port de Carmel, figé dans sa fuite éperdue pour échapper à la brise venue de l'océan.

– N'est-ce pas *Illyria*, en bas? demanda Anthony en désignant du doigt la maison de Granny, que l'on apercevait à travers le feuillage touffu dissimulant les demeures avoisinantes.

– Si! Et sur la gauche, si vous vous penchez un peu, vous pourrez voir la Maison de Tor..., ajouta Alissa.

Elle se mordit aussitôt la langue en se maudissant intérieurement, tandis qu'un flot de sang empourprait son visage! Elle aurait mieux fait de se taire! Quel besoin avait-elle eu d'attirer ainsi son attention sur la superbe maison que le poète Robinson Jeffers avait fait construire sur la falaise! Il avait l'esprit tellement mal tourné qu'il verrait certainement là une allusion à ce qui s'était passé la veille... quand il avait cité les vers de Jeffers!

Mais apparemment, Alissa avait eu tort de s'en

faire. Anthony, avec un calme presque insultant — on aurait dit que la scène de la veille ne lui avait laissé aucun souvenir –, se contenta de dire :

– Tiens! Il faudra que j'aille la visiter! J'en ai tellement entendu parler! (Puis, se retournant vers la magnifique maison de Minnie, il ajouta :) Bon, si on allait examiner de plus près cette modeste chaumière?

Minnie vint leur ouvrir, vêtue d'une robe d'intérieur en cotonnade fleurie, la bouche hérissée d'épingles. On aurait dit une fermière du Middle West pendant les années trente! Enfin, mis à part ses cheveux crépus, colorés au henné, et ses ongles écarlates...

– Alissa chérie! Enfin te voilà! s'écria-t-elle, après avoir délicatement retiré les épingles de sa bouche. Tu vois, je faisais un peu de couture en t'attendant...

Alissa jeta un coup d'œil à Anthony, dont le regard ahuri allait du petit visage potelé de Minnie à la poupée en chiffons qu'elle tenait à la main, et dont la tête était constituée d'une pomme sèche toute ridée. Il écarquilla les yeux, médusé, tandis qu'une expression inquiète passait sur son beau visage d'ordinaire impassible. A cette vue, Alissa sentit son cœur s'emplir d'une allégresse peu charitable, mais délicieuse! Et tandis que Minnie les précédait dans le salon, Anthony retint Alissa par la manche et lui demanda à voix basse :

– C'est une poupée vaudou?

Alissa lui répondit par un sourire mystérieux. Puisqu'il était si malin, il n'avait qu'à deviner tout seul!

Les cinq premières visites avaient été expédiées au pas de course, et il en fut de même pour celle-ci. Cinq minutes après leur arrivée, ils étaient déjà revenus à leur point de départ, dans le salon inondé de soleil.

– Oui, ce n'est pas mal! fit-il, impénétrable. Pas mal du tout...

Alissa et Minnie échangèrent un regard intrigué, mais se gardèrent bien du moindre commentaire.

– J'aimerais jeter encore un coup d'œil là-haut, si cela ne vous dérange pas? demanda-t-il à Minnie.

– Je vous en prie!

Alissa s'apprêtait à le suivre, mais il grommela :

– Je suis capable de me débrouiller tout seul, vous savez!

Alissa s'arrêta net, rouge comme une pivoine. Les deux femmes le suivirent des yeux tandis qu'il montait l'escalier. Lorsqu'il eut disparu, Minnie, croisant les bras sur sa poitrine opulente, tapota du bout du doigt son menton creusé de fossettes.

– A ta place, Alissa, je fuirais ce type-là comme la peste...

– Mais c'est bien dans mes intentions!

– Ma chérie, je n'ai pas de temps à perdre, alors ne me raconte pas d'histoires, s'il te plaît! N'importe quel enfant verrait tout de suite que tu es toquée de ce type! Mais, crois-moi, son « aura » est très inquiétante. D'une couleur maladive... Verdâtre, tirant sur le jaune... Tu vois ce que je veux dire?

– Vraiment? fit Alissa, impressionnée malgré elle. Qu'est-ce qu'il peut bien avoir, à ton avis?

– Difficile à dire... En tout cas, il est très malheureux! Il a eu le cœur brisé, c'est évident...

– Son grand-père vient de mourir. Tu crois que c'est ça?

– Non! répondit Minnie, catégorique. La souffrance causée par la mort d'êtres chers donne une aura tout à fait différente. Pas du tout cette espèce de brouillard de couleur indéfinissable! Quelle tristesse de voir un homme aussi séduisant dans un état pareil... Tu ne trouves pas? Je me demande s'il a un maître spirituel...

Alissa hésita un instant, puis, rougissant comme une écolière, rassembla son courage à deux mains :

– Est-ce que... Est-ce que tu peux dire s'il est marié ou non? Je veux dire... Si c'est sa femme qui le rend malheureux...

Minnie considéra Alissa avec une moue réprobatrice.

– Tu n'as pas l'intention de suivre mon conseil, hein? Ah! vous êtes bien tous les mêmes! Et c'est là notre tragédie, à nous, les clairvoyants! Comme si ce n'était pas déjà assez terrible de prévoir les malheurs des autres, il faut encore que nous assistions, impuissants, au déroulement fatal de leur destin... Puisque vous ne voulez jamais tenir compte de nos avertissements! Et nous n'avons plus qu'à vous regarder vous enfoncer dans des situations inextricables, que vous auriez pu si facilement éviter. Enfin! Pour répondre à ta question, je ne peux pas préciser si c'est à cause d'une épouse ou d'une maîtresse qu'il est dans cet état, mais une chose est sûre : il y a une femme là-dessous! D'ailleurs, avec un aussi beau garçon, même une aveugle comme toi devrait le deviner!

Alissa hocha la tête d'un air songeur. Oui, c'était certainement à cause d'une femme! Et une femme qui devait tenir une place importante dans sa vie, pour être capable de le faire souffrir à ce point... Cela ne faisait que confirmer, une fois de plus, une vérité qu'elle savait depuis longtemps : pour connaître l'amour, il faut se livrer sans défense, accepter d'être vulnérable... Et courir ainsi le risque d'avoir le cœur brisé. C'est le prix à payer. On ne peut avoir l'un sans l'autre... Non! décidément, mieux valait se passer des plaisirs douteux, et somme toute passagers, de l'amour. Aussi prit-elle la ferme décision d'étouffer dans l'œuf ce sentiment dangereux qui grandissait insidieusement au fond de son cœur. D'ailleurs, cela ne pouvait mener à rien : quand bien même elle serait attirée par cet homme – ce qui n'était pas le cas! – il n'était pas disponible, puisqu'il y avait cette femme...

Au retour d'Anthony, Alissa eut l'impression que, cette fois, elle était parvenue à remporter la victoire, et qu'elle avait enfin retrouvé sa paix intérieure. Elle se sentait à présent assez forte pour résister à cette fascination qui avait failli lui faire perdre la tête. Et c'est avec la plus parfaite indifférence qu'elle observa l'épaisse chevelure noire qui resplendissait dans un rayon de soleil, le beau profil qui se détachait à contre-jour sur le ciel... Tout cela n'éveillait plus en elle la moindre émotion! Pas plus que cette voix chaude et profonde, à l'accent si distingué...

Après avoir pris congé de Minnie, ils retournèrent à la voiture, et Alissa lui dit :

– Nous ne sommes pas très loin de la plage. Voulez-vous y jeter un coup d'œil?

– Si vous en avez envie..., répondit-il en claquant la portière, avec plus de douceur, cette fois.

Alissa prit la route qui menait à la mer. Elle se garda bien de rompre le silence : un bon agent immobilier sait que, lorsqu'un client vient de visiter une propriété, il faut le laisser parler le premier. Et en général... qui ne dit mot consent! Cela était particulièrement vrai dans le cas d'Anthony, qui avait à peine attendu d'avoir franchi le seuil des autres maisons pour lui exposer ses critiques. Son silence était plutôt de bon augure...

Alissa arrêta la voiture sur le terre-plein devant la plage, et coupa le contact. Il était presque midi, et le soleil était à son zénith. L'océan, d'un bleu profond, scintillait comme une pierre précieuse, et les vagues mouraient sur le sable blanc en déposant une écume légère. La mer avait toujours sur Alissa un effet apaisant, et, cette fois encore, ce spectacle emplit de sérénité son cœur en proie, depuis quelques jours, à des tiraillements incompréhensibles. Elle se tourna alors vers Anthony pour lui faire partager la joie et la fierté qu'elle ressentait devant ce paysage grandiose, où le ciel et la terre semblaient se fondre dans une harmonie radieuse... Mais Anthony ne lui laissa pas le temps d'ouvrir la bouche.

– C'est très joli! Une vraie carte postale...

« Joli »! « Une carte postale »! Alissa eut l'impression de recevoir une douche glacée, et l'émotion exquise qui, telle une fleur, commençait à éclore au plus profond d'elle-même, ne résista pas à la stupidité de cette réflexion.

Elle lui demanda d'une voix froide :

– Bon, je vous ramène?

– Non! Je vous invite à déjeuner. Si, si! J'insiste! Vous avez une préférence? Ou bien on s'en remet au hasard... Puisqu'il n'y a que de bons restaurants à Carmel!

Elle sourit poliment, mit le moteur en marche et prit la direction du centre ville. Après tout, elle était bien sotte de se mettre dans des états pareils pour ce type! Et puis, déjeuner avec un acheteur n'avait rien de terrible... Cela faisait partie de son travail.

Maintenant que, à ses yeux, Anthony n'était plus qu'un client comme un autre, elle n'eut aucune gêne à lui poser la question qui l'intriguait depuis longtemps :

– Vous êtes marié, monsieur Madigan?

Anthony ne daigna même pas lui jeter un regard. Au contraire, il détourna la tête avant de répondre d'une voix bizarrement chargée d'émotion.

– Non, mademoiselle Mallory. Non... (Puis il éclata d'un rire moqueur.) Marié? Moi? Votre précieuse plage sera dévorée par les flammes avant que je me décide à prendre femme!

Voilà, elle était fixée. Et Minnie ne s'était pas trompée : il avait dû énormément souffrir, cela se sentait dans sa voix... Mais ses problèmes ne la regardaient pas! Elle ferait infiniment mieux de « fuir ce type comme la peste », selon la recommandation de Minnie... Vu le caractère infernal d'Anthony Madigan, elle n'aurait pas trop de mal à se faire une raison...

Elle l'emmena rue San Carlos, à la *Marmite*, un adorable petit restaurant, style auberge de campagne française. Des centaines de bouteilles de vin s'alignaient sur une étagère dans le fond de la pièce, et des stores filtraient la lumière crue du soleil. Une jeune fille vêtue d'une robe bleue et blanche les conduisit à une table un peu à l'écart, sous la cage de l'escalier. Anthony commanda deux apéritifs, puis s'appuya contre son dossier. Il avait l'air de meilleure humeur.

– Quel bizarre personnage, cette demoiselle Wanamaker! C'était vraiment une poupée vaudou qu'elle avait à la main? demanda-t-il, un sourire sceptique au coin des lèvres.

D'habitude, Alissa se faisait un plaisir d'observer la réaction des gens qu'elle mettait en présence de Minnie... Mais, cette fois, elle n'avait pas la moindre envie de parler de son amie avec ce Madigan. De toute façon, quelqu'un qui trouvait l'océan Pacifique « joli » n'était pas capable d'apprécier à sa juste valeur une personne comme Minnie! Aussi se contenta-t-elle de répondre d'un air absent :

– Je ne sais pas. C'est possible. Ou elle était peut-être en train de fabriquer une poupée pour un de ses petits-enfants...

Anthony sourit d'un air incrédule.

– Vous voulez dire que cette personne loufoque est grand-mère?

Alissa monta aussitôt sur ses grands chevaux.

– Hé oui, figurez-vous que les Californiens ont des grands-mères, eux aussi...

Et pour la seconde fois de la journée, elle se mordit la langue jusqu'au sang. Comme elle l'avait prévu, à peine eut-elle terminé sa phrase qu'il passa à l'attaque :

– Pas possible! Excusez-moi, cela m'était « sorti de la tête »... Mais c'est vrai, vous avez des grands-mères... Et pas n'importe lesquelles! Des grands-mères loufoques... Et des grands-mères célèbres, aussi...

Lui décochant un regard noir, elle dit avec une pointe d'irritation :

– Mais qu'est-ce que vous avez à revenir tout le temps là-dessus! Pour un simple lapsus...

A la grande surprise d'Alissa, il la regarda comme

si... comme si vraiment il baissait pavillon, et répondit, d'un air de s'excuser :

— Vous avez raison... Je suis insupportable! Pour être franc, depuis que nous avons quitté la plage, j'ai l'étrange sentiment que je vous dois des excuses. Et si vous pouviez me dire en quoi je vous ai offensée, je serais heureux de faire amende honorable...

Alissa fut désarçonnée par cette attitude inattendue. On aurait cru un loup métamorphosé en caniche... Et le plus étonnant, c'était que cela ne lui plaisait pas du tout! Elle ne pouvait supporter de le voir si... si humble. Mais elle chassa cette pensée.

— Ne dites pas de bêtises, monsieur Madigan! dit-elle sans se départir de sa réserve. Vous ne me devez aucune excuse.

Un sourire flottait sur les lèvres d'Anthony.

— Ainsi, vous n'avez pas l'intention de me dire en quoi je vous ai vexée... Je n'ai qu'à trouver tout seul! Parfait. Alors, acceptez au moins des excuses en l'air!

Absorbée dans l'examen du menu, Alissa ne leva même pas les yeux.

— Le veau est excellent, ici...

— Je vois! fit Anthony. Vous voulez des excuses précises, mais il faut que je devine en quoi je vous ai offensée. C'est ça?

Ignorant sa question, elle poursuivit :

— Mais si vous préférez du poisson, leur saumon est toujours très frais. Et ils ont aussi de délicieuses coquilles Saint-Jacques...

Anthony avala d'un trait le reste de son martini.

— Bon, je vais essayer de deviner. Vous êtes furieuse parce que je n'ai pas sorti immédiatement mon carnet de chèques pour acheter la maison...?

Alissa ne daigna pas répondre.

— Non! fit-il d'un air pensif. Ce doit être autre chose... (Et il ajouta, comme pour lui-même :) Cela aurait-il à voir avec le fait que je ne suis pas marié?

– Je vous en prie, monsieur Madigan! dit Alissa d'un ton excédé. Avez-vous choisi un plat?

– Arrêtez avec vos « Monsieur Madigan »! l'interrompit-il avec une violence inattendue.

Plusieurs personnes levèrent la tête et, baissant la voix, il dit sur un ton triomphant :

– Je crois que j'ai trouvé! C'est ce que j'ai dit à propos de votre océan, non?

Puis, voyant qu'Alissa n'avait toujours pas l'intention de répondre, il s'adossa à sa chaise et sourit avec satisfaction.

– Alors c'est ça! « Si on me veut, il faut me prendre avec mon océan », quoi!

La perspicacité d'Anthony, et la façon dont il avait exprimé sa pensée firent rougir Alissa jusqu'à la racine des cheveux. Elle dit d'un ton mordant :

– Ne soyez pas ridicule!

Ils s'affrontèrent du regard, Anthony avec un sourire sarcastique et suffisant, et Alissa, le menton relevé, d'un air de défi.

– Ah! quels êtres extraordinaires, ces Californiens! Vous pensez que tout est plus beau chez vous, hein? Même l'Atlantique ne saurait se comparer à « votre » océan...

Alissa baissa les yeux et dit sans se démonter :

– Je suis sûre que l'océan Atlantique a son charme, lui aussi.

Anthony poussa un soupir exaspéré.

– Son « charme »! Et vous pensez sans doute que ce restaurant, lui aussi, a plus de « charme » que tous ceux de New York?

– Oh! je suis certaine qu'il y a d'excellents restaurants chez vous... Du moins, si on en trouve un où les garçons vous servent sans vous injurier!

– Evidemment! fit-il, railleur. En Californie, les garçons de café sont toujours « charmants »! Et je suppose que Sam Nelson, lui aussi, est infiniment plus « charmant » que moi!

Alissa regarda Anthony comme s'il était brusquement atteint de démence. Que diable venait faire

Sam Nelson dans cette conversation absurde?

Cette fois, ils étaient devenus le point de mire de toute la salle. Elle remarqua même du coin de l'œil que le maître d'hôtel rôdait non loin de là, prêt à intervenir.

– Monsieur Madigan, vous vous donnez en spectacle! fit-elle d'une voix menaçante. Et vous gênez les autres dîneurs! Je vous en prie, maîtrisez-vous!

– Oh, bien sûr! répondit-il avec le plus profond dédain. Comment peut-on avoir l'outrecuidance d'oser élever la voix à Carmel! Vous savez quel est votre défaut, à vous autres Californiens? Vous êtes des épicuriens! Vous êtes tellement obsédés par l'harmonie, la beauté, le bonheur, que vous vous coupez de la réalité, sans laquelle vous seriez d'ailleurs incapables de survivre!

Alissa, mortifiée au plus profond d'elle-même, recula sa chaise pour partir. Elle n'allait pas rester une seconde de plus avec ce malade mental! Aussitôt, Anthony se leva, jeta quelques billets sur la table et lui emboîta le pas. Elle traversa la salle la tête haute, sans prêter attention aux regards curieux qui les suivaient. Anthony ne disait pas un mot, mais elle le sentait sur ses talons, prêt à exploser. En passant devant le maître d'hôtel, Alissa lui lança à la hâte :

– Je suis vraiment désolée...

– Mademoiselle a-t-elle à se plaindre de quoi que ce soit? demanda-t-il d'un air inquiet.

– Non, non! Pas du tout! C'était parfait, comme d'habitude! Mais vous comprenez... Monsieur est de New York, ajouta-t-elle en désignant Anthony.

– Ahhhh! fit le maître d'hôtel d'un air entendu, comme si cela suffisait à tout expliquer.

Lorsqu'ils se retrouvèrent dehors, elle se tourna vers lui et dit d'un ton glacial :

– Comme l'a dit fort justement Kipling, « l'Est et l'Ouest sont deux mondes différents... qui sont condamnés à ne jamais se comprendre! » Cette fois, nos relations touchent à leur fin, monsieur Madigan! Pour ma part, je vous déconseille fortement d'acheter une maison à Carmel. Ou même en Californie, d'ailleurs! Mais si vous persistez dans vos intentions, je vous informe que vous allez devoir vous adresser à une autre agence!

Livide, Anthony répondit en serrant les dents :

– C'est bien la première parole sensée que je vous entends prononcer depuis que j'ai eu le malheur de mettre les pieds dans votre bureau, mademoiselle Mallory! Soyez tranquille, je ne viendrai plus vous importuner!

Sur quoi, il tourna les talons et s'éloigna sans se retourner. Alissa, immobile, le regarda se fondre dans la foule, et disparaître de sa vie pour toujours...

5

Le lendemain était un samedi, et Alissa se rendit en ville dès le matin afin de s'acquitter d'une tâche qu'elle considérait ce jour-là, pour la première fois de sa vie, comme une corvée, et non comme un plaisir. Bien que les magasins fussent déjà décorés de guirlandes, Noël était encore loin, et elle n'avait guère le cœur à faire des courses... Mais si elle voulait que sa mère et son beau-père reçoivent leurs cadeaux à temps, il fallait absolument qu'elle les ait envoyés lundi.

Il faisait un temps lugubre. L'air était froid et humide, le ciel couvert de nuages menaçants. Un monde fou se pressait dans les magasins, et Alissa erra des heures sans rien acheter : c'était ou trop cher, ou de mauvaise qualité. S'il y avait la bonne taille, c'était la couleur qui n'allait pas. Et si la couleur lui plaisait, c'était le tissu qui était affreux... Bref, Alissa ne trouvait rien à son goût, et, en plus, elle était à bout de nerfs...

Elle finit quand même par acheter une pipe pour son beau-père, puis se dirigea vers la boutique de Pamela. Peut-être y trouverait-elle quelque chose pour sa mère? Sinon, tant pis! Elle demanderait à Debbie de s'en occuper! Elle pouvait bien prendre sa part des corvées, pour une fois!

La migraine qui lui vrillait le crâne commença à se dissiper dès qu'elle pénétra dans la minuscule boutique imprégnée de parfums exotiques, où régnait un calme inattendu. Tout en s'étonnant d'être la seule cliente dans ce magasin d'ordinaire bourré de monde, elle caressait d'un air absent une pile de chandails en cachemire, lorsque Pamela sortit de l'arrière-boutique.

– Alissa! Quelle joie de te voir!

Alissa se tourna en souriant vers la jeune femme un peu boulotte qui venait d'entrer. Mais si Pamela était plutôt ronde, ce n'était pas le genre de fille à suivre des régimes draconiens! D'ailleurs, elle prétendait que les hommes préfèrent les grosses, et elle semblait si ouverte, si épanouie, qu'elle n'avait sans doute pas tort! De fait, Pamela était bien la dernière à rester seule devant sa télévision le samedi soir, et on ne l'avait jamais vue faire tapisserie! Bien qu'elle n'eût pas atteint la trentaine, elle jouissait déjà d'une certaine réputation parmi la jeunesse de Carmel. On disait : « Quand vous avez le cafard, appelez Pamela! Elle vous remontera toujours le moral! »

La jeune femme ne manqua pas à sa réputation. Remarquant immédiatement qu'Alissa n'avait pas l'air dans son assiette, elle lança :

– C'est un jour à s'enfermer en se bourrant de gâteaux, tu ne trouves pas? Si on fermait la baraque et qu'on aille prendre une bonne tasse de thé à la pâtisserie?

Alissa protesta mollement qu'elle avait encore des courses à faire mais se laissa entraîner vers l'adorable petit salon de thé bleu et blanc, providence de tous ceux qui étaient épuisés de courir les magasins. Après avoir fait ample provision de gâteaux, elles s'installèrent devant la cheminée, havre de chaleur et de lumière au cœur de cette journée d'hiver.

– Ahhh! fit Pamela en poussant un soupir de plaisir. On se sent déjà mieux!

– Tu n'as pas peur de perdre des clients, en fermant à cette heure-ci, en pleine période de fêtes?

Pamela haussa les épaules en mordant d'un air gourmand dans un succulent millefeuille.

– La vie est trop courte pour perdre son temps avec des riens!

Alissa ne put s'empêcher de sourire. C'était typique des habitants de Carmel! Il était 11 heures du matin, l'heure de pointe, et pourtant il y avait dans le salon de thé plusieurs commerçants du quartier en train de bavarder devant une tasse de café... Alissa songea à ce qu'Anthony Madigan aurait pensé d'une conduite aussi « épicurienne »... Le plaisir avant tout! Ici, on trouvait tout le temps sur les portes des magasins un mot griffonné à la hâte : « Serai de retour vers 11 heures. » Ou bien encore : « Parti à la plage. Reviendrai vers 3 heures. » Et, selon Granny, ce n'était rien à côté d'autrefois! Jadis, lorsque Carmel n'était peuplé que d'artistes, non seulement les commerçants abandonnaient leurs boutiques au beau milieu de la journée, mais ils ne les fermaient même pas à clé! Les gens entraient, se servaient eux-mêmes, et laissaient l'argent sur le comptoir!

– A propos, poursuivit Pamela, tu m'as fait un de ces cadeaux en m'envoyant ton client! Il est venu ce matin, et il a dépensé des sommes fabuleuses! De quoi couvrir mes frais pour le mois!

– Mon client? Quel client?

– Tu sais très bien! Combien de New-Yorkais beaux comme des dieux, m'as-tu envoyés ces jours-ci?

– Ah, lui! C'est vrai, il m'avait demandé l'adresse d'un magasin de vêtements... J'avais complètement oublié! marmonna Alissa, contrariée à l'idée que, une fois de plus, cet homme avait su la troubler au point de lui faire perdre la mémoire.

– En tout cas, j'ai une dette envers toi, ma vieille! Il m'a acheté assez de vêtements pour équiper une princesse des pieds à la tête!

Alissa considéra sa tasse de thé d'un air morose, et écrasa un morceau de gâteau du bout de sa fourchette.

– Pauvre femme! fit-elle, sarcastique. Il est peut-être très beau, mais quel casse-pieds!

– Casse-pieds? Lui? Nous ne parlons sûrement pas du même! Celui-là est le charme en personne! L'homme dont rêvent toutes les femmes!

Alissa ressentit comme un petit serrement de cœur... Serait-ce de la jalousie? Honteuse, elle se hâta d'étouffer ce sentiment bizarre. Après tout, si Pamela considérait qu'Anthony Madigan était l'homme de ses rêves, grand bien lui fasse! Des goûts et des couleurs... Pour elle, ce monsieur, avec ses airs supérieurs, serait plutôt l'homme de ses cauchemars!

Pamela se lécha délicatement le bout des doigts, et choisit un autre gâteau couvert de chocolat glacé.

– En tout cas, cette « pauvre femme », une dénommée Elaine Stanley, se trouve pour l'instant à New York – soit à cinq mille kilomètres – tandis que cet homme divin déambule ici même, à Carmel... Et c'est déjà un bon point pour nous!

Alissa était exaspérée. Pourquoi tout le monde – à part Minnie et elle – était-il ainsi subjugué par son charme soi-disant irrésistible? D'abord sa propre famille, et maintenant une de ses meilleures amies! Ils le trouvaient tous « si charmant », « si cultivé », « si bien élevé »! Même Alissa, si Minnie ne l'avait mise en garde, aurait fini par se laisser ensorceler! Et Pamela ne faisait que confirmer ce qu'elle pensait déjà : Anthony Madigan était un homme dont il fallait se méfier, et plutôt deux fois qu'une!

Bien que la vie privée de ce Madigan fût le dernier de ses soucis, Alissa se surprit à demander :

– Comment sais-tu le nom de la femme pour laquelle il a acheté ces vêtements? Il t'a parlé d'elle?

Pamela considéra son amie d'un air intrigué.

– Non, mais comme il m'a demandé de lui envoyer les paquets, il était naturel qu'il me laisse son nom et son adresse... Elaine Stanley, je ne sais plus combien Park Avenue, à Manhattan.

– Mais je ne te demande pas l'adresse exacte! protesta Alissa en riant.

– Tu veux savoir ce qu'il a acheté? fit malicieusement Pamela.

– Espèce d'idiote! répliqua Alissa en baissant les yeux sur son gâteau afin d'éviter le regard curieux de son amie.

Pam hocha gravement la tête.

– Bien sûr, tu t'en fiches complètement! D'ailleurs, qui cela pourrait-il bien intéresser? Un casse-pieds pareil...

Alissa devait passer la journée de dimanche en compagnie de Sam Nelson et de ses enfants, qu'il était allé chercher à San Francisco pour le week-end. Elle s'habilla avec plus de soin qu'elle n'en prenait d'habitude quand elle sortait avec Sam. Il n'y avait rien entre eux, mais elle pouvait quand même faire un petit effort pour lui!

Comme ils iraient sans doute se promener dans la nature, elle enfila une paire de chaussures de marche. Et elle passa sa veste en daim marron pour se protéger du froid.

Lorsqu'elle descendit au salon pour attendre Sam, elle trouva Annie Channing au piano, en train de jouer une « Chanson sans paroles » de Mendelssohn. Confortablement installé au coin du feu, John était plongé dans des mots croisés géants.

– Où sont passés les autres? lui demanda Alissa à voix basse, pour ne pas troubler la pianiste.

– Debbie est rentrée à 2 heures du matin, répondit-il, et elle dort encore. Burt, lui, devait présider une discussion du groupe de recherche à l'église, et il ne rentrera pas avant midi. Quant à ta grand-mère, elle est en train de s'habiller pour sortir...

Le ton pincé que John avait pris pour parler de Granny – il avait dit « ta grand-mère », au lieu de « cette chère Jane » – n'échappa nullement à

Alissa... Elle devina qu'ils devaient être en froid.

– Et où va-t-elle? demanda-t-elle, certaine que John le savait.

Mais il rétorqua, visiblement très vexé :

– Je n'en ai pas la moindre idée!

– Ho! ho! Tout cela est bien mystérieux! fit-elle d'un ton enjoué, espérant ainsi le dérider un peu.

– Ta grand-mère a parfaitement le droit d'avoir sa vie privée! répliqua-t-il avec hargne. Ce n'est pas moi qui irais lui poser des questions indiscrètes!

La sonnette de la porte d'entrée retentit avant qu'Alissa n'ait eu le temps de tirer au clair ce petit drame de famille. Et elle se précipita dans le hall.

– J'y vais! Ce doit être Sam!

Mais ce n'était pas Sam... Anthony Madigan, debout sur le seuil, un paquet à la main, la saluait cérémonieusement. La surprise d'Alissa devait se lire sur son visage, car il marmonna, un sourire railleur au coin des lèvres :

– On ne va pas continuer à se rencontrer comme ça à tout bout de champ!

Ce sarcasme, et surtout, le mouvement de joie qu'elle n'avait pu se défendre d'éprouver en le voyant, firent rougir la jeune fille.

– Je... Je ne m'attendais vraiment pas... balbutia-t-elle.

– Moi non plus! rétorqua-t-il froidement. J'ai rendez-vous avec mademoiselle... Mais peut-être que les trous de mémoire sont une maladie congénitale, chez vous, et qu'elle a oublié de vous prévenir...

Alissa sentit des larmes de rage lui monter aux yeux, mais elle fut tirée de cette situation embarrassante par un bruit de pas : c'était Granny qui, le visage radieux, était descendue pour accueillir son hôte. John, qui semblait avoir retrouvé sa bonne humeur coutumière, observait la scène, les yeux brillants de curiosité. Alissa s'écarta, et Anthony s'avança pour offrir son présent à Granny, en s'inclinant galamment.

– Entrez, mon garçon! Entrez..., fit Granny avec tendresse.

Alissa était toujours émerveillée du charme et de la grâce naturelle avec lesquels sa grand-mère savait recevoir des cadeaux : elle avait l'art d'ouvrir délicatement les paquets de ses longs doigts agiles, tout en poussant des petits cris de plaisir et de curiosité. Elle accueillait le plus humble présent comme une offrande royale... Fascinée, la jeune fille regarda sa grand-mère sortir d'un papier glacé une magnifique boîte de chocolats de chez Godiva.

– Quel cadeau somptueux! s'écria Granny. Nous allons tous nous régaler! Alissa a une passion pour le chocolat! N'est-ce pas, chérie?

– Je ne mange jamais de sucreries, Granny. Tu confonds avec Debbie...

A ce moment-là, elle vit passer la voiture de Sam devant la fenêtre.

– Ah, voilà ce cher Sam! J'y vais!

Elle embrassa tendrement sa grand-mère et ajouta, de façon à être entendue d'Anthony :

– Je rentrerai sans doute très tard... Ne m'attendez pas! A demain matin!

Et elle s'en fut d'un pas léger, avec le sourire heureux d'une jeune fille qui va rejoindre l'élu de son cœur...

Les trois premiers jours de la semaine suivante furent particulièrement chargés, pour Alissa comme pour Debbie. Le lundi et le mardi, les deux jeunes filles passèrent le plus clair de leur temps chez le notaire, à guider les acheteurs inexpérimentés à travers le dédale des démarches administratives. Le mercredi, elles se levèrent à 6 heures du matin pour assister, à San Francisco, à un séminaire sur les modalités de l'impôt foncier.

Alissa, Dieu merci, n'avait plus entendu parler d'Anthony Madigan depuis le lundi matin, quand Granny leur avait raconté en détail le déjeuner qu'Anthony lui avait offert à l'*Auberge des High-*

lands. Et ce n'est que le mercredi soir qu'elle entendit de nouveau prononcer son nom.

Ce soir-là, tout le monde était réuni au salon pour la sacro-sainte partie de poker, et l'on n'attendait plus que Granny pour commencer. C'est alors que Burt, levant les yeux de son journal, dit à John Channing :

– Les produits pharmaceutiques Madigan-Stanley sont en baisse... Tu te souviens de ce que je t'avais dit l'autre jour?

– C'est vrai! fit John, impressionné. Tu l'avais senti venir... Et moi qui n'avais rien remarqué!

– De quoi parlez-vous? demanda Alissa.

– Que veux-tu, mon vieux, dit Burt sans tenir compte d'Alissa, quand on a longtemps fréquenté les milieux d'affaires, on finit par développer une sorte de sixième sens... Et puis, il y a eu les réflexions d'Anthony au dîner de *Thanksgiving*...

– Qu'est-ce qui ne va pas? demanda encore Alissa.

– Pauvre garçon! murmura Annie. J'espère que ce n'est pas trop grave...

– Mais de quoi parlez-vous? répéta Alissa un peu plus fort.

– Je me demande si c'est ce Stanley qui leur cause tous ces ennuis..., poursuivit Burt, pensif.

– Qui est Stanley? s'enquit Alissa, tout en se disant que ce nom éveillait en elle un écho.

N'était-ce pas ainsi que s'appelait la femme à laquelle il avait fait envoyer les vêtements?

– En tout cas, je vais recommander à toutes mes amies de n'acheter que du *Placid-eeze*! fit Annie d'un air résolu. C'est bien comme ça que s'appelle l'aspirine d'Anthony?

– Mais quelle aspirine? De quoi parlez-vous, à la fin? reprit Alissa.

– Des affaires d'Anthony, chérie! dit Annie non sans impatience, comme on s'adresse à une gamine dont on a envie de se débarrasser.

– Comme s'il n'avait pas déjà assez d'ennuis avec

la mort de son grand-père, et le reste! soupira John.

– Ne vous inquiétez pas pour lui! fit Burt. Il s'en sortira... Il est loin d'être bête! Il y a bien quinze ans qu'il s'occupe de cette affaire, d'après ce qu'il nous a dit. Si c'était un imbécile, il n'aurait jamais pu rester à sa tête pendant si longtemps!

– Un imbécile? Qui a dit que ce cher Anthony était un imbécile? fit Annie, outrée.

– Mais personne, chérie, personne! répondit John. Au contraire...

– Encore heureux! C'est un homme merveilleux! Mais je me demande bien, poursuivit-elle d'un air rêveur, pourquoi il n'est pas encore marié... Les New-Yorkaises sont de vraies gourdes, ma parole! S'il passe quelque temps chez nous, je peux vous garantir qu'il ne restera pas longtemps célibataire...

Et elle décocha à Alissa un regard qui se passait de commentaires.

Mais la jeune fille, sans daigner relever cette allusion ridicule, se retrancha dans un silence glacial. C'était vraiment insupportable! Ils étaient tous là à s'extasier sur les vertus incomparables de ce type odieux! « Le pauvre »! « Le cher garçon »! « Si intelligent »! « Si fin »! « Si merveilleux »! Ils l'avaient à peine vu deux fois, et ils prenaient tous son parti contre elle! D'ailleurs, d'où tenaient-ils tous ces renseignements? Comment avaient-ils fait pour devenir si intimes avec lui, alors qu'elle... C'en était trop! Elle avait l'impression d'être l'épouse trompée, celle qui est toujours la dernière à être mise au courant! Seulement, elle n'arrivait pas à savoir qui la trompait, dans cette histoire! Anthony Madigan, ou bien sa propre famille? Ah! s'ils le connaissaient aussi bien qu'elle!... Pourquoi ne leur ouvrirait-elle pas les yeux une bonne fois pour toutes? Oubliant toute retenue, elle se lança dans une diatribe haineuse au moment même où sa grand-mère entrait dans la pièce.

– Vous ne lui trouveriez pas tant de qualités si vous aviez vu le scandale qu'il a provoqué à la *Marmite*, vendredi dernier! J'étais tellement gênée que j'aurais voulu entrer sous terre!

Ils se levèrent tous sans répondre, et allèrent s'asseoir à la table de jeu, la laissant toute seule au beau milieu de la pièce.

– Oui, nous sommes au courant de cette histoire, Alissa! fit Granny d'un air un peu pincé. Mme Benton-Anderson se trouvait justement dans le restaurant ce jour-là, et elle nous a raconté que tu t'étais montrée extrêmement impolie envers Anthony Madigan. Que tu étais restée muette comme une bûche, alors qu'il essayait désespérément d'entretenir la conversation... Tu te conduis vraiment d'une drôle de façon, parfois... Je me demande de qui tu tiens ça! Pas de moi, en tout cas!

– Granny! fit Alissa, au supplice.

– Viens donc t'asseoir, ma chérie. Et ne te mets pas dans des états pareils, il n'y a vraiment pas de quoi! Tu as eu une journée épuisante...

– Oui, c'est vrai! s'écria Alissa, sortant de ses gonds. Je suis fatiguée, fatiguée et à bout de nerfs! D'ailleurs, je vais aller me coucher tout de suite, ajouta-t-elle méchamment, pensant que, leur partie de cartes ainsi compromise, ils se rallieraient tous à son point de vue.

Mais elle fut stupéfaite de voir que sa grand-mère se contentait de hocher la tête sans rien dire. Des larmes de dépit lui montèrent aux yeux, et elle fit d'une voix étranglée :

– Bon, eh bien... Bonne nuit!

– Chérie, avant de monter, peux-tu me rendre un petit service?

– Bien sûr, Granny! fit Alissa avec joie, espérant avoir ainsi une chance de rester avec eux sans pour autant perdre la face.

– Veux-tu téléphoner à Anthony pour lui demander de venir dîner dimanche soir?

Cette fois, Alissa faillit suffoquer de colère.

– Certainement pas! Puisque vous le trouvez tous si merveilleux, qu'un de vous l'appelle!

Sur ces mots, elle tourna les talons et se dirigea vers l'escalier.

– Quelle tête de mule! chuchota Granny à l'intention de ses amis. (Puis elle ajouta à voix haute :) Tu as parfaitement raison, ma chérie! Je ne suis qu'une vieille dame insupportable et égoïste! J'irai téléphoner moi-même, dès que j'aurai un peu moins mal au genou. Sinon, je suis sûre que Burt s'en chargera à ma place... Va te coucher, mon enfant, et excuse ta vieille grand-mère... Je sais que ce n'est pas drôle tous les jours, pour une jeune fille, d'avoir à supporter quelqu'un comme moi...

Alissa soupira bruyamment.

– Bon, bon! J'y vais! Je lui dis de venir à quelle heure?

– Oh! vers 5 heures... qu'est-ce que tu en penses?

Lorsqu'Alissa revint au bout de quelques secondes, Persia Parnell vit avec surprise que sa petite-fille avait le visage décomposé et les yeux noyés de larmes. Elle se précipita vers elle et la serra dans ses bras.

– Que se passe-t-il, ma chérie? s'inquiéta-t-elle.

– Il... Il est parti! répondit Alissa d'une voix blanche. On m'a dit qu'il avait quitté l'hôtel lundi matin, sans laisser d'adresse...

S'effondrant sur la chaise la plus proche, Alissa enfouit son visage dans ses mains, et éclata en sanglots.

– Alissa, ma chérie! Ne pleure pas comme ça! Pourquoi pleures-tu? demanda Granny, affolée.

– C'est ma faute! gémit-elle. C'est à cause de moi!

– Pauvre petite chérie! murmura Annie en lui caressant les cheveux.

– Et il n'est même pas venu dire au revoir! Oh! comment a-t-il pu...? poursuivit Alissa en sanglotant de plus belle.

– Allons, mon petit! fit Burt d'un ton bourru. Ne le prends pas au tragique! Je suis sûr qu'il te fera signe d'ici peu, et tu verras, tout s'expliquera...

Sans cesser de gémir, elle secoua son visage baigné de larmes.

– Non! Non, vous ne comprenez pas! C'est à cause de Granny que je pleure! Elle s'était tellement attachée à lui! Moi, je sais qu'il me déteste, mais elle! Comment a-t-il pu lui faire une chose pareille?... Oh! comment a-t-il pu lui faire ça!

Les quatre vieillards échangèrent un regard désolé au-dessus de la jeune fille écroulée sur sa chaise. Puis, lentement, à son insu, leurs quatre visages plissés de rides s'illuminèrent d'un sourire triomphant...

6

– J'espère que tu te sens mieux ce matin, ma chérie! dit Granny à Alissa, qui descendait prendre son petit déjeuner.

– Je te l'ai déjà dit, Granny, fit Alissa en poussant un soupir, c'est à cause de toi que j'étais bouleversée! Et si j'ai réagi un peu violemment, c'est parce que j'étais à bout de nerfs après la journée que j'avais eue... Tu me l'avais d'ailleurs fait remarquer toi-même!

– Bien sûr! Bien sûr! acquiesça Granny. Je comprends très bien, et tu es vraiment adorable de te faire tant de souci pour moi! Au fond, tu as toujours eu le cœur tendre, sous tes apparences réservées!

Alissa grignota distraitement une tranche de pain grillé.

– Je ne sais pas si j'ai le cœur tendre, mais je suis contente de voir que cette disparition subite ne semble pas trop t'affecter!

– Oh! c'est parce que je suis persuadée qu'il doit y avoir une explication. Peut-être a-t-il été obligé de partir à l'improviste à cause de ses affaires... Quoi qu'il en soit, il ne manquera pas de nous faire signe!

– Il a des ennuis, en ce moment? demanda Alissa en songeant à la mystérieuse conversation qu'elle avait surprise l'autre jour entre Burt et John.

– Tout ce que je sais, fit Granny, en femme que

ces problèmes typiquement masculins ne sauraient concerner, c'est que le petit-fils d'Edward Madigan ne partirait jamais sans dire au revoir à ses amis...

Tout en se versant une seconde tasse de café, Alissa sourit d'un air sceptique.

– Je ne doute pas que ton Edward Madigan ait été un homme extraordinaire, Granny, mais il ne faut pas trop se fier à l'hérédité... Anthony est un vrai chameau... Pour ne pas dire autre chose!

– C'est drôle comme vous êtes différentes, Deborah et toi! Si c'était à ta sœur qu'Anthony s'int... Enfin, avec qui il soit entré en contact, je parie que nous serions déjà en train de faire des projets de mariage!

– Oh, Granny! fit Alissa, exaspérée. Cela fait à peine une semaine que ce Madigan a débarqué ici, et tu le vois déjà marié à l'une de nous! Mais à quoi rime cette manie de vouloir à tout prix nous faire épouser quelqu'un! Après cinq mariages ratés, tu es pourtant bien placée pour savoir à quoi t'en tenir sur cette institution!

Granny considéra sa petite-fille avec stupéfaction.

– Mais..., Alissa! Si je me suis mariée cinq fois, c'est bien parce que je prends le mariage très au sérieux! Et si je n'ai pas été heureuse, ce n'est nullement parce que le mariage est mauvais en soi! Non, mes expériences ont été des échecs uniquement... uniquement à cause de moi! conclut-elle d'une voix brisée par les sanglots.

Alissa leva les yeux, surprise. Ce n'était guère dans les habitudes de Granny de parler de sa vie sentimentale.

– Comment cela, Granny? demanda doucement Alissa, non par curiosité, mais parce qu'il était très important pour elle de savoir pourquoi sa grand-mère n'avait pas réussi ses mariages.

Les yeux de Granny se remplirent de larmes, et elle répondit en pesant ses mots :

– Lorsque j'ai épousé ton grand-père, je n'étais qu'une enfant gâtée, à qui tout était dû... Il m'aimait passionnément, il était fier de mon talent, et prêt à me donner tout ce dont j'avais besoin pour devenir une femme... Et moi, je prenais tout cela comme une chose naturelle... Et ce n'est que bien des années plus tard que j'ai compris l'immensité, la rareté, et le prix du don qu'il m'avait fait. Il était beaucoup plus âgé que moi, plus mûr, et il a supporté bien des folies de ma part! Et puis, quand il s'est rendu compte que je ne changerais pas, il m'a abandonnée pour une autre femme... Une femme qui comprenait, elle, la valeur de ce qu'il avait à offrir, et qui était capable de le payer en retour...

Granny leva vers Alissa des yeux baignés de larmes.

– Vous ne vous souvenez pas de lui, Debbie et toi?

– Très vaguement, répondit Alissa. Nous étions si jeunes quand il est mort... Et puis nous ne l'avons vu que deux ou trois fois...

– C'est bien dommage! fit Granny en poussant un petit soupir triste. Enfin!... Après notre divorce, j'ai commencé à descendre la pente... Je trouvais que le mariage avait de bons côtés, alors pourquoi s'en priver? Avoir auprès de soi un homme qui vous dorlote, qui fait vos quatre volontés... Oui, le mariage tel que je le voyais à l'époque est quelque chose de bien agréable! Une boîte à trésor, dans laquelle on puise à volonté sans rien donner en retour. Aussi me suis-je remariée presque aussitôt. Mais ce premier échec m'avait atteinte très profondément dans mon orgueil, et, pendant des années, j'en ai rendu ton grand-père responsable. Et j'avais tellement souffert, que par la suite, j'ai tout fait pour ne plus jamais tomber amoureuse. Mais cela, c'est seulement maintenant que je m'en rends compte...

La vieille dame hocha la tête, comme accablée d'avoir pu être aussi aveugle.

– Naturellement, chaque fois que je divorçais, je rejetais la faute sur mon partenaire. Ce n'est qu'après l'échec de mon cinquième mariage que j'ai compris que j'étais seule responsable de tout ce gâchis, que c'était à moi qu'il manquait quelque chose... Mais il était déjà trop tard... Je n'étais plus capable d'aimer...

– Mais, Granny, après ton dernier divorce, tu as eu plusieurs liaisons...

Granny sourit d'un air entendu.

– Vois-tu, Alissa, il y a une grande différence entre une aventure et le mariage... C'est comme être baby-sitter, et avoir des enfants à soi! Et puis, la faculté d'aimer, c'est comme n'importe quel autre talent... Si on ne le cultive pas, il s'atrophie. Après avoir vécu des années protégée par la cuirasse que je m'étais forgée pour éviter d'être à nouveau blessée, je ne pouvais plus revenir en arrière. Mon cœur s'était trop endurci...

Granny prit les mains d'Alissa entre les siennes.

– Et je ne voudrais pas qu'il arrive la même chose à ma petite-fille!

Les yeux d'Alissa se remplirent de larmes. Comment cette femme, qui était l'être le plus adorable, le plus chaleureux qu'elle eût jamais rencontré, pouvait-elle croire qu'elle avait un cœur de pierre?

– Si tu avais vraiment le cœur dur, comme tu dis, nous nous en serions aperçues, Debbie et moi. Je ne connais personne qui soit aussi débordant d'amour que toi, Granny...

La vieille dame sourit faiblement et caressa la main d'Alissa.

– Peut-être, mon enfant! Mais, dans ce cas, il en est de même pour toi...

Cette conversation lui trotta dans la tête pendant plusieurs jours, lui revenant à l'esprit aux moments les plus incongrus – pendant qu'elle faisait des photocopies, qu'elle téléphonait à la banque, ou bien encore, tandis qu'elle observait pensivement la pluie qui fouettait les vitres de son bureau, comme aujourd'hui...

— Dieu merci, c'est vendredi! fit Debbie en jetant un coup d'œil dans son miroir, et en tirant pour la millième fois de la journée sur ses boucles blondes, que l'humidité faisait outrageusement friser.

— Je te ferai remarquer que, dans notre métier, le week-end est considéré comme la partie de la semaine la plus chargée! répondit Alissa.

— Oh, ça! C'est bon pour les bourreaux de travail, ou pour ceux qui ont une famille à entretenir! Moi, je préfère passer mes week-ends à chercher quelqu'un pour m'entretenir moi!

Alissa éclata de rire.

— Granny trouve que l'une de nous deux aurait dû mettre le grappin sur Anthony Madigan avant son départ. Etant donné la sympathie que je lui porte, il te revenait! Que dis-tu de cette brillante idée?

— J'ai peut-être mes défauts, mais je ne suis pas le genre de fille à chasser sur les terres du voisin! Et Anthony Madigan n'est pas pour moi...

Décidément, les nouvelles allaient vite, à Carmel!

— Ah! Alors Pamela t'a dit...

— Heu... Oui, nous en avons un peu parlé, en effet...

— En fait, je crois que c'est « elle » qu'il est allé voir..., murmura Alissa. Un simple voyage d'affaires ne l'aurait pas empêché de nous faire ses adieux.

— Tu crois qu'il est allé voir Pamela? demanda Debbie, éberluée.

Alissa considéra sa sœur avec stupéfaction.

— Mais non! Quelle idée! Non, je disais qu'il avait dû rejoindre la femme dont il est amoureux, à New York... Tu sais bien, la fille de son associé, Elaine Stanley. Enfin, je suppose que c'est la fille de son associé...

— Ah bon?... Quoi qu'il en soit, il est de retour

parmi nous..., fit Debbie en regardant par la fenêtre.

Au même moment, le carillon aigrelet de la sonnette retentit dans le bureau, et Anthony Madigan apparut sur le seuil. Alissa sentit son cœur bondir dans sa poitrine. Il avait l'air aussi sombre, aussi lugubre que le brouillard dont il semblait surgir comme par enchantement...

– Tiens, tiens... Quand on parle du loup..., fit malicieusement Debbie. Ma sœur était justement en train de parler de vous, monsieur Madigan!

Il esquissa un sourire contraint et dit sèchement :

– Je me disais bien que j'avais les oreilles qui sifflaient...

– Ce n'est pas vrai! Deborah...

Elle adressa à sa sœur un regard menaçant, inquiète à l'idée qu'elle allait peut-être lui raconter leur conversation, ou même lui demander où il était allé.

– Ne crains rien, ma chère sœur, je m'en vais!

Debbie prit ses affaires et, s'arrêtant sur le pas de la porte, ajouta :

– A propos de notre discussion, Alissa... Je te conseille de faire attention! Granny n'apprécierait pas tellement que tu fiches tout à l'eau une seconde fois!

Lorsque Debbie eut disparu, Alissa, plus tranquille, remarqua qu'Anthony n'avait pas l'air dans son assiette. Il avait les traits tirés, les yeux cernés. Bref, il semblait vraiment mal en point, songeait-elle, le cœur serré.

– Vous êtes malade, Anthony? demanda-t-elle avec inquiétude. Vous avez une mine épouvantable!

Il se força à sourire tout en s'effondrant dans un fauteuil.

– Vous, en revanche, vous êtes très en beauté, comme toujours!

C'est bizarre, elle le trouvait infiniment plus sympathique quand il était malade! Le voir dans cet état lui ôtait toute envie de lui dire des choses désagréables!

– Je peux faire quelque chose pour vous? s'enquit-elle avec sollicitude. Voulez-vous de l'aspirine, ou bien une tasse de thé?

– Merci, je me sens très bien! dit-il d'une voix qui démentait ses paroles. Je viens seulement de passer quelques jours extrêmement pénibles à San Francisco...

Elle se souvint qu'il lui avait dit que sa société allait ouvrir une filiale sur la côte Ouest.

– Vous avez des difficultés dans vos affaires... Et c'est parfois très éprouvant...

Il secoua la tête d'un air las.

– Non, ce n'est pas ça... J'ai des ennuis de famille.

– Ah! fit Alissa, un peu interloquée. Je... je ne voulais pas être indiscrète! Je ne savais pas que vous aviez de la famille en Californie!

Anthony leva les épaules, comme pour rejeter un fardeau pesant.

– Il s'agit de mon futur ex-beau-frère. Il nous a causé beaucoup d'ennuis ces derniers temps... J'ai appris qu'il était à San Francisco, et j'en ai profité pour aller le voir... J'avais plusieurs choses à mettre au point avec lui...

– Je vois..., murmura Alissa.

Elle n'avait aucun mal à imaginer ce qu'un homme comme lui pouvait entendre par « mettre au point certaines choses » avec quelqu'un qui avait eu l'audace de se mettre en travers de sa route!

En tout cas, pour Alissa, c'était un exemple de plus à ajouter sur la liste interminable des mariages-qui-finissent-mal... Chaque fois qu'elle essayait de peser le pour et le contre, elle ne trouvait qu'une exception réussie autour d'elle : John et Annie Channing. Granny avait eu beau prétendre que c'était à cause d'elle que ses mariages avaient échoué, elle avait eu beau l'avertir que le plus grand danger était de se fermer à l'amour, Alissa n'en continuait pas moins à penser que cela ne changeait rien au fond du problème : tous les amours se terminaient mal!

Anthony se leva avec difficulté et lui tendit la main.

– Venez! Nous allons visiter la Maison de Tor.

– Mais..., protesta automatiquement Alissa.

Puis, craignant d'aggraver son état en le contrariant, elle résolut de ne rien dire, et le suivit dans le brouillard glacé. Il la fit monter dans une superbe Mercedes grise, et ferma soigneusement la portière avant de s'asseoir à son tour.

Il conduisait exactement comme son caractère le laissait supposer : avec aisance, vite, mais sans excès. Comme il semblait savoir parfaitement où il allait, Alissa jugea inutile de lui indiquer la route.

– Granny sera contente d'apprendre que vous êtes de retour..., dit-elle d'une toute petite voix.

– Elle le sait déjà! dit-il. Je lui ai téléphoné ce matin en arrivant...

– Ah bon! fit Alissa, un peu interloquée.

Oh! bien sûr, elle était heureuse qu'il ait songé à la prévenir tout de suite. C'était la moindre des choses... Pourtant...

– C'est Granny qui vous a suggéré de m'emmener visiter la Maison de Tor?

Il leva les sourcils.

– Vous avez vraiment de drôles d'idées! Ai-je l'air d'un homme qui a besoin qu'on lui dicte sa conduite?

De drôles d'idées! Alissa se retrancha dans un silence boudeur. Oui, elle avait de drôles d'idées, en effet! Qu'est-ce qui lui avait pris, par exemple, d'accepter une promenade avec cet homme insupportable, auquel elle s'était bien juré de ne plus adresser la parole de sa vie? Que lui arrivait-il donc, pour qu'elle soit ainsi passée de la haine à la docilité? Et tout cela parce qu'il avait l'air un peu triste! Mais elle avait beau se sermonner, elle ne parvenait pas, aujourd'hui, à éprouver la moindre animosité envers lui.

Anthony s'engagea dans les rues tortueuses du quartier avoisinant la plage et atteignit enfin la Maison de Tor, nichée sur la falaise, au-dessus de la magnifique autoroute qui longeait la mer.

Anthony et Alissa descendirent de voiture et pénétrèrent dans la propriété du poète, franchissant avec émotion le mur qu'il avait fait élever pour s'isoler du monde. La maison, flanquée de la célèbre Tour de Hawk, était entourée d'adorables jardins à l'anglaise, et les deux constructions s'intégraient si harmonieusement au paysage qu'on aurait dit des rochers, fichés dans la terre depuis des millénaires... Toutes deux avaient été bâties avec de grosses roches grises que Jeffers avait fait monter de la plage, et elles ressemblaient à ces vieilles maisons de pierre brute que l'on trouve sur les côtes d'Angleterre, dont le poète s'était d'ailleurs inspiré.

De part et d'autre du sentier qui menait à la maison fleurissait une végétation luxuriante – la bourrache, avec ses ravissantes fleurs bleues, le pouliot, avec son âcre senteur de menthe poivrée. Devant la lourde porte en bois embaumait un massif de roses d'où émergeait un Cupidon effarouché. Une charmante dame, membre de la société des monuments historiques, vint leur ouvrir d'un air affable, et Alissa fut frappée par la façon dont elle regardait Anthony.

Anthony acheta les billets et signa le Livre des visiteurs. Tout en considérant de loin la tête brune, penchée sur le grand cahier relié, Alissa se rendit compte que la dame ne le quittait pas des yeux... Elle éprouva malgré elle une étrange émotion, une sensation plutôt agréable, à l'idée d'être vue au bras d'un homme si séduisant qu'il faisait se retourner les femmes sur son passage! Et lorsqu'il lui dit : « Venez, Alissa! » en la prenant par les épaules, un léger frisson de plaisir courut le long de son dos...

– Nous allons commencer par la Tour! dit Mme Welling en les précédant.

Tout en leur emboîtant le pas, Alissa jeta un coup d'œil en passant sur le Livre des visiteurs. Elle vit, tracé d'une grande écriture volontaire, son nom, auprès de celui d'Anthony. Et dessous, au lieu du banal « Charmant », auquel elle s'attendait, elle lut quelques mots qui firent battre son cœur :

Par un beau jour de novembre...

La Tour, assez petite, n'était pas très éloignée de la maison; Jeffers l'avait construite pour servir de retraite à sa femme bien-aimée, Una. Ils gravirent l'escalier en colimaçon et arrivèrent au premier étage, dans une petite pièce meublée en tout et pour tout d'un superbe piano et d'un canapé ancien. Il y régnait une douce pénombre, qui accentuait encore l'intimité des lieux.

Après avoir regardé autour de lui une dernière fois, Anthony fit un signe de tête à Mme Welling, et ils reprirent leur ascension.

En haut de la Tour, la vue était d'une telle splendeur que même Anthony en eut le souffle coupé. Un vent glacé d'une violence inouïe balayait la plate-forme, et Alissa dut s'appuyer contre le petit mur de pierre pour ne pas perdre l'équilibre.

C'était ici qu'Una Jeffers venait contempler l'océan... A l'endroit même où nous nous tenons! se disait Alissa. Que pouvait-elle bien éprouver, quand elle se retrouvait seule, face à l'immensité, oubliant pour quelques instants ses enfants et son mari... Sans doute connaissait-elle alors des minutes de joie profonde, des minutes inoubliables, enchantées...

Brusquement, parmi les grondements des vagues, une sonnerie aiguë leur parvint d'en bas. Le téléphone!

– Mon Dieu! s'écria Mme Welling. J'avais oublié... Un coup de fil extrêmement important... Je l'attends depuis ce matin! Cela vous ennuierait-il si je...

– Je vous en prie! dit Anthony. Vous croyez que vous arriverez à temps? Si vous voulez, je peux...

Mais elle dévalait déjà les escaliers.

– Excusez-moi... Reviens tout de suite... Très important... Pour les crédits...

Au bout de quelques secondes, ils virent une petite silhouette échevelée qui courait dans le jardin.

Une brusque rafale fouetta le visage de la jeune fille, plaquant une mèche de cheveux en travers de son front. Elle serra le col de sa veste en frissonnant, et se rendit compte qu'Anthony l'observait avec insistance. Après avoir un instant résisté à la tentation, elle leva la tête et chercha son regard : il y avait dans ses yeux une flamme que jamais elle n'avait vue dans les yeux d'aucun homme. Et avant même d'avoir eu le temps de comprendre ce qui lui arrivait, elle se retrouva dans ses bras. Il la serrait de toutes ses forces, la broyait contre son cœur, avec une sorte de désespoir... comme si elle était le fil qui le rattachait à la vie, qui l'empêchait de se perdre à jamais dans l'immensité du ciel.

Un peu effrayée par cette violence, elle dit d'une voix très douce :

– Anthony! Je crois que vous êtes vraiment malade... Nous ferions mieux de redescendre...

– Oh! Alissa... gémit-il.

Elle sentait la chaleur de son souffle contre sa joue. Et presque aussitôt, les lèvres d'Anthony, aussi froides que la rosée du matin, vinrent se poser sur les siennes, comme pour y recueillir un peu de chaleur, un peu de vie...

Alissa, surprise, se raidit instinctivement. Mais bientôt, quelque chose de plus puissant que sa volonté lui commanda de se laisser faire. Lorsqu'il abandonna ses lèvres, ce fut pour murmurer tout contre son oreille :

– Vos cheveux... Vos cheveux sont dorés comme le miel, et votre peau est gorgée de soleil... O ma chérie, ma Californienne... Je ne puis plus vivre sans toi!

Alors... Alors elle ne lui était pas si indifférente que ça! Il tenait donc un peu à elle! Alissa sentit son cœur se gonfler d'une joie sans bornes. Toutes ses velléités de résistance fondirent comme neige au soleil... Et lorsque les lèvres d'Anthony à présent chaudes et fermes s'écrasèrent de nouveau sur les siennes, elle s'abandonna sans retenue au frisson délicieux qui courait à travers tout son corps, un frisson qui l'embrasait, la brûlait, et crépitait en elle comme une flamme magique.

Le cœur battant, les lèvres palpitantes, elle sentit sa main se glisser sous sa veste et venir caresser la peau satinée de son sein. Une vague de désir déferla sur elle tandis qu'il la serrait de plus en plus fort contre son corps musclé. Et Alissa, haletante, perçut la violence de son désir. A son insu, elle poussa un petit gémissement, et lui rendit maladroitement ses baisers...

– Vous aussi, vous me désirez... Et vous le savez bien! chuchota Anthony, le visage enfoui dans ses cheveux.

Puis, pris d'une frénésie soudaine, il défit d'une main impatiente les boutons de son chemisier, et posa sa bouche sur la chair palpitante de son sein nu.

Alissa fut parcourue d'un immense frémissement. Elle fit un effort surhumain pour s'arracher à cette sensation qui l'étourdissait, et revint brusquement à la réalité. Le soleil couchant jetait ses derniers rayons, et ils étaient là, tous les deux, seuls face à l'océan, fouettés par ce grand vent venu de la mer, qui erre de par le monde depuis le début des temps...

La voix lointaine de Mme Welling leur parvint et ils s'écartèrent l'un de l'autre, à bout de souffle, les yeux brillants...

– Hou! hou! Là-haut! Vous avez fini?

Les lèvres d'Anthony esquissèrent un sourire étrange, mystérieux... Il se pencha pour embrasser Alissa une dernière fois – un baiser qui était tout à la fois caresse et promesse – et dit :

– Je ne sais pas ce que vous en pensez, mademoiselle la Californienne... Mais moi, je suis loin d'avoir fini! A dire vrai, je viens à peine de commencer...

7

Le jour suivant s'écoula pour Alissa dans une sorte d'enchantement : elle avait l'impression d'être une créature comblée par les bienfaits des dieux. Tout lui réussissait. Pour commencer, au petit déjeuner, pour la première fois de sa vie, elle fit une omelette cuite à point. Ensuite, en s'habillant, elle fut prise d'une inspiration subite, et trouva une combinaison de vêtements inédite, dont l'effet était si réussi qu'on aurait dit qu'elle sortait de chez un grand couturier! Et, plus incroyable encore, elle parvint à vendre ce jour-là la maison des Stafford, villa hideuse pour laquelle elle désespérait de trouver un acheteur depuis neuf mois! Bref, ce fut la journée des miracles!

Malheureusement, elle commit l'erreur de croire que la vie continuerait à lui sourire, et que le dimanche, et tous les jours à venir seraient aussi parfaits que le samedi... Elle aurait dû se souvenir qu'une hirondelle ne fait pas le printemps!

Ce jour-là, Anthony devait venir prendre le thé à *Illyria*, et, pour la première fois depuis leur rencontre, Alissa attendait son arrivée le cœur joyeux. Oh! elle n'allait pas jusqu'à s'imaginer que ce qui s'était passé entre eux le vendredi signifiait un engagement quelconque, mais enfin! C'était quand même un début... Au moins, elle savait à présent qu'elle ne lui était pas tout à fait indifférente. Bien sûr, elle comprenait que, pour l'instant, il s'agissait avant tout d'une attirance physique. (Rien que d'y penser, d'ailleurs, le rouge lui montait aux joues!) Et elle savait par expérience que le désir ne va pas toujours de pair avec l'amour... Mais d'un autre côté, n'est-ce pas souvent le premier pas vers un sentiment plus profond, et plus durable?

Alissa adressa un sourire complice à son image dans le miroir en songeant qu'il y avait des précédents célèbres! Tristan et Yseult, Héloïse et Abélard... Même Adam et Eve avaient commencé comme ça!

Elle devait s'avouer qu'elle était très en beauté, ce soir, avec son teint de pêche et ses yeux brillants! Finalement, les choses ne se passaient pas si mal que ça! Granny avait retrouvé son nouvel ami, et elle... Enfin, elle, c'était encore à voir! En tout cas, elle se sentait infiniment plus heureuse aujourd'hui que la semaine dernière, quand elle avait déclaré à Anthony qu'elle ne voulait plus jamais le revoir!

La salon d'*Illyria* embaumait l'automne, avec ses chrysanthèmes multicolores gracieusement disposés dans des vases en cristal. Tous les habitants de la maison étaient réunis pour le thé, et la table était déjà dressée, avec, au beau milieu, les délicieux gâteaux spécialement préparés par Annie et Burt.

En voyant apparaître sa sœur, Debbie émit un petit sifflement moqueur.

— Dis donc! Quelle élégance! C'est la première fois que tu remets cette robe depuis la fameuse soirée à Pebble Beach, cet été, où Sam t'avait emmenée!

Annie Channing fit avec une moue sceptique :

— Une robe en mousseline... Je me demande si c'est très indiqué pour la saison!

— Mais si! dit Granny. Ces couleurs rouille et vieil or sont tout à fait dans les tons d'automne...

— De toute façon, Alissa serait ravissante, même vêtue d'un sac à pommes de terre! fit Burt, toujours galant.

– Ça, c'est bien vrai! renchérit John.

– Oh la la! Ce n'est pas la peine d'en faire tout un plat! s'écria Alissa, de plus en plus gênée de se voir l'objet d'une telle attention.

On sonna à la porte, et John se précipita, pour se rasseoir presque immédiatement, comme s'il venait de se souvenir tout à coup des instructions qu'il avait reçues. Et il dit à Alissa d'un air détaché :

– Tu vas ouvrir, chérie?

Elle se leva, le cœur battant à tout rompre. Quelle allait être l'attitude d'Anthony, après ce qui s'était passé entre eux? Mais elle avait chanté victoire un peu trop vite : il se contenta de la saluer très poliment.

– Si vous voulez bien vous donner la peine d'entrer... dit Alissa, tout intimidée, en rougissant comme une écolière.

Depuis son arrivée à Carmel, Anthony avait changé de style de vêtements et portait des tenues de moins en moins strictes. Ce jour-là, il avait un costume en velours marron, avec une chemise rayée, dont le col négligemment ouvert laissait entrevoir la naissance de son cou. Mais il avait repris son air réservé d'homme d'affaires new-yorkais, et la jeune fille se félicita d'avoir décidé d'être prudente, et de ne pas avoir mis trop d'espoir dans l'instant d'abandon qu'il avait eu avec elle... Elle se dirigeait vers le salon, lorsqu'il lui prit brusquement le bras et la fit pivoter vers lui. Alissa, croyant qu'il allait l'embrasser, sentit aussitôt son cœur bondir dans sa poitrine... Mais il détourna les yeux, et lui dit sur un ton de froide politesse :

– Je voulais vous remercier pour vous être montrée si... si compréhensive, l'autre jour... J'espère que ma conduite ne vous a pas offensée.

Elle eut l'impression de recevoir un coup en plein cœur. Il s'excusait! Il s'excusait de ce baiser sur lequel elle avait fondé tant d'espoirs! Voulait-il dire par là que ce qui s'était passé entre eux ne signifiait rien à ses yeux, et qu'il s'était tout simplement laissé aller à un moment de faiblesse dû à l'atmosphère romantique de la vieille tour...

– Mais pas du tout..., marmonna Alissa en se détournant pour dissimuler son embarras.

Et elle le fit entrer dans le salon où toute la famille l'attendait avec impatience.

Une fois qu'il fut confortablement installé au coin du feu, dans le meilleur fauteuil, avec une tasse de thé, le léger émoi que sa présence provoquait toujours parmi les vieillards commença à s'apaiser, et on se mit à bavarder.

– Maintenant que vous êtes ici depuis quelque temps, Anthony, que pensez-vous de la Californie? demanda Burt.

Alissa retint son souffle, craignant de le voir se lancer dans une diatribe comme celle qui avait causé un scandale à la *Marmite* la semaine précédente. Oh! comme elle aurait aimé qu'il ne lui donne plus de raisons de le haïr! Cela lui faisait tellement mal... Mais apparemment, elle s'était inquiétée à tort :

– Je n'ai jamais nié que la Californie contienne plus de beautés naturelles au mètre carré que le reste de l'Amérique n'en possède au kilomètre carré! fit Anthony. Et puis, qui pourrait critiquer un pays où il fait 15° au début du mois de décembre?

Debbie eut un petit sourire malicieux.

– Tiens, vous avez fait des progrès! Est-ce que vous considérez toujours que nous ne sommes tous des enfants qui ne vivent que pour le plaisir... Des « épicuriens », je crois que c'est le mot que vous aviez employé?

Alissa se mordit les lèvres. Pourquoi Debbie éprouvait-elle le besoin de revenir là-dessus, alors qu'il semblait justement s'amadouer un peu!

Mais Anthony ne se formalisa pas le moins du monde.

– Touché, Debbie! Je reconnais avoir parlé un peu trop vite! D'ailleurs, ce serait vraiment de la mauvaise foi que de faire des généralisations stupides... Surtout quand on a la chance de connaître une famille aussi charmante que la vôtre!

Il s'arrêta, et une ombre passa sur son visage.

– Il se trouve que j'ai, parmi mes connaissances, quelques jeunes imbéciles qui ont été entraînés dans une mauvaise voie par la tolérance et la liberté de mœurs qui sont de mise en Californie – et qui dépassent parfois les bornes, vous en conviendrez certainement. J'espère que vous voudrez bien me pardonner d'avoir, à cause d'eux, porté sur les Californiens un jugement un peu hâtif...

Granny exprima l'opinion de tous en disant :

– N'y pensez plus! Nous savons bien que les gens qui viennent ici pour la première fois sont souvent désorientés, ou même choqués, par la différence de culture. Et puis, il est vrai que la Californie, toujours prête à expérimenter dans tous les domaines, commet parfois des erreurs... Mais, comme vous l'avez dit, nous sommes avant tout l'Etat de la tolérance. Alors, pourquoi ne pas laisser les gens tenter leur chance? Certaines de ces expériences ont été très enrichissantes... Quant aux autres... Eh bien, nous avons tant de raisons d'être satisfaits de cette situation que nous pouvons bien faire preuve d'une certaine largeur d'esprit!

La conversation dévia ensuite sur d'autres thèmes, et Alissa poussa un soupir de soulagement. Tout en les écoutant d'une oreille distraite, elle réfléchissait aux sentiments tout neufs qu'elle éprouvait envers Anthony. Et elle se promit, une fois de plus, de faire preuve de prudence...

Elle n'essayait plus de prétendre qu'il ne lui plaisait pas. Non, il était séduisant, très séduisant, même. Il possédait bel et bien toutes les qualités qui avaient conquis le cœur de ses proches : ce n'était certes pas quelqu'un de banal! Il était incroyablement beau, d'une intelligence supérieure à la moyenne, cultivé, bien élevé... Il avait énormément de charme... Tout cela, Alissa en était parfaitement consciente.

Mais, d'un autre côté, personne ici ne le connaissait vraiment... Car il était aussi d'un caractère difficile, autoritaire, brutal même, du moins à son égard! Et surtout... surtout, il était amoureux d'une autre femme! Même Pamela, qui n'avait pas les dons de Minnie, s'en était rendu compte.

Elle devait donc faire très attention à ne pas perdre le contrôle d'elle-même... comme cela avait failli lui arriver vendredi! Elle ne put réprimer un frisson en songeant combien elle avait été près de s'abandonner corps et âme, l'autre jour, à ses caresses brûlantes...

— Tu as froid, ma chérie? demanda brusquement Granny. Burt, sois gentil, va remettre une bûche dans le feu!

Clignant des yeux, Alissa s'arracha à ses pensées, et considéra avec étonnement le remue-ménage autour d'elle. Granny avait pris la direction des opérations et distribuait les tâches comme un metteur en scène sur le plateau de tournage.

— John, va chercher le brandy! Annie, occupe-toi des jetons...

— Nous allons jouer au poker? Maintenant? demanda Alissa, dépassée par les événements.

Oh non! Ils n'allaient quand même pas imposer leurs manies à un invité!

— *Vous* allez jouer au poker! fit Debbie. Pas moi! Je monte dans ma chambre! J'ai envie de lire le nouveau roman qu'un auteur de la côte Est vient de publier sur Hollywood! Je suis curieuse de voir toutes les bêtises qu'il n'a pas manqué d'écrire...

— Ne vous croyez pas obligé..., fit Alissa en se tournant vers Anthony, tout en se demandant comment elle pourrait bien s'y prendre, de toute façon, pour faire changer sa grand-mère d'avis : quand Granny avait décidé quelque chose, il était impossible de l'en faire démordre!

Mais Anthony répondit en souriant :

— Non, non! Cela me fait plaisir, je vous assure! Je

joue au poker depuis que je suis haut comme ça!
C'est mon grand-père qui m'a initié...

De fait, Anthony était excellent joueur. Chaque
personne a sa manière de jouer, son style propre...

... Alissa avait déjà eu l'occasion de le remarquer.
Burt, par exemple, était un joueur très sérieux,
tandis que John, lui, ne pouvait s'empêcher d'émet-
tre toute une série de gloussements, quand il pensait avoir un bon jeu. Annie, de son côté, prenait
toujours des airs bouleversés ou affolés, alors
qu'elle se débrouillait aussi bien que les autres.
Quant à Anthony, Alissa ne tarda pas à se rendre
compte qu'il se conduisait exactement comme s'il
avait assisté à un conseil d'administration... Il aurait
tout aussi bien pu être en train de diriger une
discussion entre les syndicats et le patronat, ou de
faire des opérations de bourse. Son visage était
aussi impénétrable qu'un masque. Lorsqu'il ouvrait
la bouche, ce qui était rare, il parlait sur un ton
froid et détaché. Il plaçait ses mises avec précision,
sans la moindre hésitation. Cette remarquable maî-
trise de soi, ainsi que la vivacité de son intelligence,
devaient certainement le servir dans toutes les
circonstances de la vie...

A la fin de la troisième partie, ce fut au tour
d'Alissa de distribuer les cartes. Anthony rassembla
d'un geste adroit les mises qu'il venait de remporter. Un beau pactole!

– Oh, zut! marmonna John en se levant. (Et il fit
plusieurs fois le tour de sa chaise pour conjurer le
mauvais sort.) Je savais bien que cette chaise portait la poisse! glissa-t-il à l'oreille de sa femme.

Granny jeta à John un regard réprobateur.

– Si vraiment tu crois à une ânerie pareille, John,
je te ferai remarquer que ce n'est pas très gentil de
ta part de toujours insister pour que ce soit Annie
qui s'asseye à cette place!

John se rassit d'un air gêné, et se mit à tapoter
nerveusement le bord de la table.

Tout en distribuant les cartes, Alissa remarqua qu'Anthony souriait d'un air amusé. Ah! il trouvait ça drôle! On verrait un peu la tête qu'il ferait tout à l'heure, quand il voudrait se faire rembourser ses jetons!

La partie était serrée et, pendant quelques instants, chacun étudia son jeu en silence. Anthony, qui se trouvait à gauche d'Alissa, ouvrit la partie en plaçant un jeton bleu au milieu de la table.

– Dieux du ciel! souffla Annie, impressionnée. Vous devez avoir de grands espoirs, pour commencer avec une somme pareille!

Anthony leva les yeux et sourit.

– A propos, quels sont les enjeux? On ne l'a pas précisé...

Tous les yeux se tournèrent vers Granny. Après une seconde de silence, la vieille dame s'éclaircit la gorge, et dit :

– Puisque vous n'êtes pas un habitué, Anthony, je pense qu'il vaut mieux jouer de petites sommes, aujourd'hui! Vingt-cinq, dix ou cinq *cents*... Si vous êtes d'accord!

– Comme il vous plaira, mademoiselle Parnell! Mais puis-je savoir, par pure curiosité, quels sont vos enjeux d'habitude?

John s'écria avec orgueil :

– Oh! très, très substantiels! Ça, vous pouvez m'en croire!

– C'est-à-dire? insista Anthony.

Alissa allait ouvrir la bouche pour mettre fin à cette plaisanterie, mais elle rencontra le regard de sa grand-mère, qui lui enjoignait très clairement de ne rien dire.

– Oh! dix, cinq et un, en général! finit par répondre Burt.

Anthony les considéra l'un après l'autre avec stupéfaction, puis, jugeant sans doute qu'il serait de mauvais goût d'insister davantage, renonça à éclaircir ce mystère.

Alissa aussi était stupéfaite. Pourquoi lui avaient-ils menti? Craignaient-ils donc qu'Anthony les trouve ridicules de jouer au poker pour rire?

Annie se mit aussitôt à bavarder à tort et à travers, tandis que la partie suivait son cours. Les autres, qui avaient l'habitude, ne lui prêtaient pas la moindre attention. Mais Anthony avait visiblement du mal à s'abstraire, et Alissa dut réprimer un sourire en voyant son air agacé. Il devait être en train de se dire en son for intérieur : « Du calme, mon vieux, du calme! Tu es en train de jouer avec de charmants vieillards californiens qui t'ont invité à prendre une tasse de thé... Et non avec une bande de truands dans un casino de Las Vegas! »

– Et votre maison, Anthony? demanda Annie de sa petite voix pointue. Où en êtes-vous de vos recherches? Alissa vous a-t-elle montré quelque chose qui corresponde à vos goûts?

Anthony, sans quitter le jeu des yeux, adressa à la vieille dame un sourire poli.

– Oui, j'ai visité une maison qui me plaît beaucoup. Mais j'aimerais la revoir encore une fois avant de prendre une décision... A propos, ajouta-t-il à l'intention d'Alissa, pourriez-vous fixer un rendez-vous avec Mme Wanamaker pour demain matin?

Le lendemain matin, Alissa avait justement rendez-vous chez le dentiste, un rendez-vous qu'elle avait déjà repoussé plusieurs fois et qu'il lui était impossible de remettre à nouveau. Elle était très déçue de manquer cette occasion de passer la matinée avec lui, mais son sens des affaires l'empêcha de repousser la visite. Elle expliqua donc à Anthony que Debbie l'accompagnerait le lendemain à sa place.

John remporta les deux manches suivantes, ce qui lui rendit aussitôt sa bonne humeur! Burt profita de la pause pour demander à Anthony, tout en battant les cartes d'une main experte, s'il était satisfait des services de Sam Nelson.

– Sam a une clientèle très huppée, dans la région,

et nous sommes tous fiers de l'avoir pour ami! ajouta-t-il, avec sa bienveillance coutumière.

Alissa, qui levait les yeux à ce moment précis, fut surprise de voir le visage d'Anthony prendre une expression presque coupable. Pourquoi cette réaction bizarre? Quoi qu'il en soit, il se reprit très vite.

– Je n'ai pas pris contact avec lui... En fait, je n'ai pas eu besoin de ses services. Mes affaires se sont arrangées autrement...

Personne ne se permit de commenter cette mystérieuse déclaration, mais il y eut un silence un peu embarrassé. Heureusement, Annie s'arrangea pour détendre l'atmosphère en lançant une réflexion anodine, et le jeu reprit. Mais à partir de ce moment-là, Anthony parut avoir l'esprit ailleurs. A tel point qu'on dut même lui rappeler que c'était à lui de jouer. Sur quoi, Granny décréta qu'il était tard, et qu'on ferait mieux de s'arrêter.

John était le principal gagnant, et Granny la perdante. La vieille dame lui dit qu'elle réglerait ses comptes avec lui un peu plus tard, et John lui répondit par un clin d'œil entendu. Il était presque 7 heures, et, voyant qu'Anthony n'avait pas l'air dans son assiette, les Channing et Burt prirent congé presque aussitôt, et remontèrent dans leurs appartements pour le dîner.

Après leur départ, Alissa eut l'impression que l'atmosphère avait brusquement changé. C'était comme si le rideau venait de tomber sur la scène finale de la pièce, et que les acteurs, quittant leurs masques, se retrouvaient tout à coup dans la grisaille de la vie quotidienne. Granny, d'habitude si sensible, semblait ne pas s'en rendre compte. Elle s'assit tranquillement au coin du feu, comme si elle attendait quelque chose.

Alissa resta à sa place, cherchant désespérément le moyen de détendre un peu l'atmosphère. Ah! si Annie avait été là! Elle avait l'art de relancer les conversations, elle!

Debout, accoudé à la cheminée, Anthony contemplait les braises d'un air profondément absorbé. C'est alors que Debbie fit irruption dans la pièce en s'écriant joyeusement :

– Je peux entrer? Il n'y a plus de danger? Personne ne s'est ruiné, ce soir? (Puis, prenant brusquement conscience du malaise qui régnait, elle ajouta :) Mais qu'est-ce qui ne va pas? Que s'est-il passé?

– Tiens, Debbie! Alors, combien d'erreurs avez-vous relevées dans votre livre? demanda Anthony en se tournant vers elle.

– Aucune! Apparemment, l'auteur a su mener son enquête!

– Eh bien, je suis ravi d'apprendre que pour une fois, un écrivain de la côte Est a fait du bon travail! J'aimerais pouvoir en dire autant!

– Asseyez-vous, Anthony! dit calmement Granny. Et racontez-nous ce qui vous tracasse! Je suis sûre que ce n'est pas aussi terrible que vous le croyez!

– Je vous souhaite d'être prophète, chère madame! dit Anthony en s'asseyant.

Puis, posant les coudes sur ses genoux, il prit sa tête dans ses mains d'un air désespéré.

– Je voudrais vous parler de quelque chose de très important... J'aurais déjà dû le faire depuis longtemps, mais... Les choses se sont compliquées de façon inattendue... Cela ne peut plus attendre davantage... Mais tout est tellement embrouillé que je ne sais par où commencer!

Granny lui sourit d'un air encourageant.

– Pourquoi ne pas commencer par le commencement?

– Oui, mais où est le commencement? Bon, allons-y... poursuivit-il avec un sourire forcé. Parlons de Sam Nelson, puisqu'on l'a mentionné tout à l'heure... Je suis venu ici pour remplir une mission assez délicate, et je pensais avoir besoin d'un avocat bien implanté dans le coin... Mais à présent que je vous connais, mademoiselle Parnell, la chose est inutile... Plus exactement, je ne puis avoir recours à un avocat qui soit un ami de votre famille... Voilà pourquoi je n'ai pas pris contact avec Sam Nelson.

Anthony leva les yeux vers Granny, comme pour s'assurer qu'elle le suivait bien. Alissa et Debbie échangèrent un regard étonné, mais la vieille dame lui fit signe de continuer.

– J'ai dit à Alissa que j'étais venu ici pour acheter une maison de campagne, parce que ma société va s'installer sur la côte Ouest. Et c'est une des raisons de ma présence à Carmel, effectivement.

– Je comprends très bien, fit Alissa un peu désorientée, que vous puissiez avoir besoin des services d'un homme de loi pour vos affaires, Anthony. Mais je ne vois pas en quoi cela peut vous gêner qu'il soit lié à notre famille.

– Je sais que vous ne comprenez pas ce que je veux dire... Et je vais essayer de m'expliquer. Mon but, en venant en Californie, était bien de créer une filiale de ma société, et d'acheter une maison de campagne. Mais ce n'était pas le seul. J'avais aussi des raisons personnelles pour venir à Carmel... Des raisons extrêmement délicates, qui exigeaient les services d'un homme de loi. En fait, je suis venu ici pour m'occuper d'une dette. Une dette qui fait partie d'un héritage que j'ai reçu, et sur laquelle je ne sais rien – en particulier – des conditions dans lesquelles elle a été contractée. Et je ne voulais pas arriver avec mes gros sabots, comme un éléphant dans un magasin de porcelaine... Mais voilà, les choses se sont compliquées, et de fil en aiguille j'ai dû repousser cette affaire. Et à présent, j'ai bien peur de nous avoir tous mis dans une situation très embarrassante...

– Mais de quoi diable parlez-vous, Anthony? s'exclama alors Debbie. Tout cela est du chinois! Est-ce que nous connaissons la personne qui vous doit cet argent? Comment pouvons-nous vous aider? Je veux dire... je ne comprends pas très bien ce que

vous entendez par « une situation embarrassante ».
Cette dette serait-elle très importante?

Il esquissa un faible sourire.

– Un quart de million de dollars...

Les deux jeunes filles faillirent s'étrangler. Et
Debbie s'écria :

– Oh la la! Pas étonnant que vous soyez dans cet
état! Je suis heureuse de ne pas avoir sur le dos une
dette aussi astronomique!

Anthony éclata d'un rire sec.

– Je suis désolé de vous apprendre que justement
cette dette vous concerne personnellement!

– Quoi! s'écrièrent en chœur les deux sœurs.

Anthony hocha la tête.

– Dans une certaine mesure, oui... Car c'est une
dette entre moi et... votre grand-mère!

8

– Impossible! s'écria Alissa avec assurance. Absolument impossible! Vous faites certainement erreur, Anthony! C'est moi qui m'occupe de toutes les affaires de la famille, et il est inimaginable que Granny ait la moindre dette... Ne serait-ce que de cinquante dollars! Alors deux cent cinquante mille! Je serais au courant!

– Je ne fais aucune erreur, Alissa, c'est vous qui..., commença Anthony.

Très agitée elle aussi, Debbie l'interrompit aussitôt :

– Non, Alissa a raison! Je sais qu'elle a raison!

La voix de Granny s'éleva alors au-dessus du tumulte :

– Arrêtez de vous chamailler! Vous avez tous raison! Anthony a raison de dire que nous avons une dette à régler, lui et moi. Et vous avez raison toutes les deux : je ne dois pas un sou à Anthony. C'est lui qui me doit de l'argent.

Debbie et Alissa, comme frappées par la foudre, considérèrent leur grand-mère d'un air stupéfait.

– Il te doit de l'argent, à toi! s'écria Debbie d'une voix perçante. Un quart de million de dollars! Ce n'est pas possible!

Alissa se tourna vers Anthony et dit d'un air sceptique :

– Granny n'a jamais été très économe... Et à aucun moment de sa vie elle n'a eu une telle somme entre les mains! Alors, comment aurait-elle pu la prêter à qui que ce soit?

– Mais je n'en sais rien! fit Anthony, non sans irritation. Je vous ai déjà dit qu'il s'agissait d'une dette dont j'ai hérité. Mais je n'ai aucune idée de la façon dont elle a été contractée! Grand-père devait cet argent à Mlle Parnell, et cette dette fait partie de la succession...

– C'est une dette de jeu! fit négligemment Granny, comme si cela suffisait à tout expliquer.

A ces mots, les deux sœurs entamèrent un concert d'exclamations et se mirent à la bombarder de questions. Mais Anthony les interrompit en disant :

– Je vous en prie! Si vous me laissez placer un mot, nous parviendrons peut-être à discuter de tout cela posément, en gens raisonnables! (Et il ajouta d'un ton sarcastique :) Enfin... Si vous croyez que c'est possible...

Quand Debbie et Alissa furent un peu calmées, il poursuivit :

– Comme je vous l'ai dit, cette dette fait partie de l'héritage de mon grand-père. Mais je ne pourrai disposer de la succession que lorsque tous les problèmes juridiques auront été réglés, ce qui demandera au moins un an. En temps normal, j'aurais pu payer cette dette sur ma caisse personnelle, mais il se trouve par hasard que je n'ai pas un sou devant moi en ce moment. Toutes mes économies sont passées dans cette filiale que nous sommes en train de créer en Californie. Aussi avais-je pris la décision de vendre certains biens que j'ai acquis récemment à San Francisco. Je pensais avoir l'argent dimanche dernier, et c'est pour cela que je vous avais invitée à déjeuner, mademoiselle Parnell...

» Mais j'ai appris entre-temps que la vente était tombée à l'eau. Je suis donc allé à San Francisco afin de m'en occuper moi-même. Malheureusement, l'affaire semble plutôt compromise pour l'instant, et

je ne peux absolument pas savoir quand je dispose-
rai de cet argent.

Alissa, qui l'écoutait avec attention, remarqua au
passage qu'il lui avait donné de son voyage une tout
autre explication. Mais, craignant de perdre le fil de
ses paroles, elle préféra remettre ce problème à
plus tard.

– Vous comprenez, j'attendais d'avoir l'argent en
main pour vous parler de cette dette. Mais étant
donné que je ne pourrai pas m'en acquitter dans un
avenir proche, je pense qu'il vaudrait mieux que
nous discutions dès à présent les termes d'un
arrangement..., conclut-il, mal à l'aise.

Il y eut un instant de silence, le temps que chacun
assimile ces nouvelles pour le moins inattendues.

Granny était restée impassible. Mais Debbie, elle,
était dans tous ses états! Quant à Alissa, il y avait
quelque chose qui la troublait. Quelque chose
qu'elle n'aurait pu définir, dans l'attitude d'Anthony,
surtout quand le nom de Sam Nelson était venu sur
le tapis, pendant le poker... Pourquoi avait-il mis
tant de temps à révéler la raison pour laquelle il
tenait à faire la connaissance de Persia Parnell?
Non, il y avait autre chose, Alissa en aurait mis sa
main au feu! Mais quoi?

Puis, songeant à la tournure que les choses ris-
quaient de prendre, elle dit :

– Eh bien, Anthony! Pour une surprise, c'est une
surprise! Ce n'était peut-être pas une mauvaise idée
de demander les conseils d'un homme de loi... Si
j'en parlais à Sam?

Anthony lui jeta un regard noir.

– Je pense que nous sommes parfaitement capa-
bles de nous arranger tout seuls, votre grand-mère
et moi. A nous deux, nous arriverons bien à trouver
un moyen de régler cette situation...

– Bien sûr! acquiesça vivement Alissa, craignant
qu'il ne la soupçonne de douter de son honnêteté.
Simplement, je pensais... Enfin, vous êtes un homme
d'affaires, et vous savez bien que les choses se

déroulent toujours mieux avec l'aide d'un intermédiaire...

– Vous n'avez pas confiance en moi, Alissa? demanda Anthony avec un sourire sarcastique.

– Mais si, bien sûr! protesta-t-elle en rougissant.

Granny, qui avait l'air de regarder un film un peu ennuyeux, choisit cet instant pour intervenir :

– Bon, il commence à se faire tard, et nous sommes tous à bout de nerfs! Il vaudrait mieux que vous partiez à présent, Anthony. D'ici un jour ou deux, quand nous aurons tous retrouvé notre calme, je suis sûre que nous parviendrons à une solution satisfaisante pour tout le monde...

Lorsque Debbie revint au salon après avoir raccompagné Anthony, Alissa était toujours debout au milieu de la pièce, et Granny tranquillement assise au coin du feu.

– Eh bien, quelle histoire! s'écria Debbie. Nous voilà riches!

Ecarquillant les yeux d'un air innocent, la vieille dame répondit :

– Dieu du ciel, vous faites bien des histoires pour pas grand-chose! Cela fait cinquante ans que ce papier dort dans un tiroir, et je ne m'en porte pas plus mal pour autant! Ce n'est pas quelques semaines de plus qui vont nous mettre sur la paille!

– Mais la question n'est pas là, Granny! fit Alissa non sans impatience.

– Ah bon?... Je me demande bien où elle est, alors!... Je me souviens de cette partie de poker comme si c'était hier! Tout le monde s'était réuni chez Max. (Elle cita quelques noms de metteurs en scène célèbres des années trente.) Ce soir-là, j'avais une telle chance que je n'arrêtais pas de gagner! Il faut dire que ce cher Edward n'a jamais été très doué pour le poker, ajouta-t-elle avec une pointe d'amusement dans la voix. Je ne serais pas surprise d'apprendre que son pauvre petit-fils a hérité d'une bonne douzaine de dettes de ce genre!

Debbie considéra sa grand-mère d'un air soupçonneux.

– Toute cette histoire ne t'a pas tellement éton-
née, n'est-ce pas? Tu savais depuis le début que
c'était pour ça qu'Anthony voulait te connaître...

– Oh! je m'étais bien gardée de tirer des conclu-
sions hâtives! Je savais que c'était une possibilité...
Mais sans plus. Le papier aurait pu être perdu
depuis longtemps. Et Anthony aurait très bien pu
ne pas être au courant de cette dette, et avoir voulu
me rencontrer uniquement parce qu'il avait
entendu son grand-père parler de moi...

– Tu veux dire que si Anthony n'avait pas été au
courant, tu n'en aurais pas parlé? insista Debbie.
Que tu aurais renoncé à deux cent cinquante mille
dollars, comme ça, tout simplement?

– Oh! je ne sais pas ce que j'aurais fait! répondit
Granny d'un air vague. A dire vrai, avant son
arrivée, j'avais complètement oublié cette vieille
histoire!

Alissa s'interposa d'une voix très calme :

– Vous ne trouvez pas cela un peu bizarre, qu'il
ait attendu si longtemps pour nous en parler?

– Mais... Il nous a expliqué..., fit Debbie sans
grande conviction.

– Je ne vois pas comment il aurait pu nous en
parler avant! dit alors Granny avec fermeté. Au
dîner de *Thanksgiving*? Cela n'aurait pas été très
délicat!

Alissa, pensive, songea à la façon dont Anthony
avait réagi ce jour-là en reconnaissant Persia Parnell. N'avait-il pas été un peu trop bouleversé? Et
pourquoi avait-il été si furieux qu'elle ait oublié de
le prévenir que sa grand-mère était Persia Parnell?
Mais après tout, se dit Alissa, prête à lui trouver
toutes les excuses, il était bien naturel que cela lui
ait causé un choc! Se retrouver brusquement
devant une inconnue à qui on doit une somme
pareille! N'importe qui, à sa place, aurait été mal à
l'aise!

Pendant le reste de la soirée, Alissa s'efforça de ne plus penser à cette histoire et de chasser les soupçons qui lui étaient venus. Finalement, les raisons qu'il avait invoquées pour expliquer son silence tenaient quand même debout! Et puis, surtout, elle n'avait pas envie de laisser une sordide histoire d'argent empoisonner des relations sur lesquelles elle fondait tant d'espoirs...

Le jour suivant, Debbie rentra à la maison vers 4 heures, et vint retrouver Alissa dans sa chambre, en lui apportant une tasse de thé. Alissa, qui émergeait de la torpeur dans lequelle l'avait plongée une séance matinale prolongée chez le dentiste, s'assit sur son lit et prit la tasse que Debbie lui tendait.

Elle était tellement dans les brumes qu'elle mit un bon moment à se rendre compte à quel point l'attitude de Debbie était étrange : à plusieurs reprises, elle avait ouvert la bouche pour parler, s'arrêtant chaque fois au dernier moment.

– Mais qu'est-ce que tu as? finit par demander Alissa.

– Oh, rien! répliqua Debbie.

Puis, comme si elle voulait gagner du temps, elle ajouta d'une voix enjouée :

– Je crois qu'Anthony va acheter la maison de Minnie!

– Mais c'est merveilleux! fit Alissa, un peu déconcertée par l'attitude bizarre de sa sœur. Cela fait des mois que Minnie rêve de déménager à Los Angeles. Elle était là ce matin? Elle est au courant?

– Il n'a pas encore fait une offre ferme... Alors je n'ai rien dit à Minnie pour l'instant...

Alissa se demanda si Debbie n'avait pas commis une erreur. En tout cas, elle n'avait vraiment pas l'air de quelqu'un qui s'apprête à conclure une bonne affaire!

– Tu as une idée de la somme qu'il veut mettre? fit Alissa.

Brusquement, les yeux bleus de Debbie se remplirent de larmes, et elle balbutia.

– Oh! Alissa...! Il a dit... Il a dit qu'il ne pouvait pas prendre de décision avant que la personne qui serait copropriétaire ait vu la maison... Elle doit venir de New York ces jours-ci...

Alissa eut l'impression très nette qu'un horrible malheur était suspendu au-dessus de sa tête. Et elle répondit d'une toute petite voix :

– Ah...

Debbie lâcha d'un coup tout ce qu'elle savait, comme pour se débarrasser au plus vite d'une pénible corvée :

– Oui, il a dit... Que si la maison plaisait à Elaine, ils l'achèteraient...ensemble! Et... il m'a remis des arrhes, en précisant que le marché ne serait vraiment conclu qu'une fois qu'il aurait son accord à elle...

Alissa répéta d'une voix blanche :

– Elaine Stanley... La fille de son associé... Eh bien, ma petite Deb, je ne peux quand même pas prétendre que c'est une surprise! Il n'a jamais cherché à cacher qu'il y avait une femme dans sa vie!

– Alissa! fit Debbie d'une voix hésitante. Je... je suppose que cela ne changerait pas grand-chose, mais... Qui sait? C'est peut-être la femme de son associé, et non sa fille?

Alissa considéra sa sœur avec tendresse. Sous ses airs naïfs, c'était quand même une petite fille fûtée! Elle avait sûrement raison! Elaine Stanley était une femme mariée, bien sûr! Et même avec des enfants! Anthony n'avait-il pas posé de questions sur les écoles de Carmel? N'avait-il pas précisé qu'il voulait une grande maison? Sans compter que cette hypothèse avait le mérite de tirer au clair ce qu'il lui avait confié un jour : il n'avait pas la moindre intention de se marier... Evidemment, puisqu'il avait une liaison avec une femme qui n'était pas libre! Quelle avait été sa phrase exacte? Ah, oui... « Votre précieuse plage sera dévorée par les flammes avant que je me décide à me marier... »

Puis Alissa songea au jour où il avait eu l'air si désespéré, à l'agence, le jour où elle s'était laissé attendrir... A présent, elle n'avait plus aucune illusion : ce n'étaient ni ses prétendus problèmes avec son beau-frère ni des ennuis d'argent qui l'avaient mis dans cet état. Non, seule une femme peut rendre un homme aussi malheureux! Une femme mariée, qui avait dû vouloir rompre avec lui ce jour-là, ce qui l'avait entraîné à chercher un réconfort passager dans les bras d'une autre... « ô ma Californienne... Je ne puis plus vivre sans toi! » avait-il dit... Alissa frissonna en songeant avec quel cynisme il avait abusé de sa confiance...

Debbie glissa sa petite main dans celle d'Alissa, et la serra très fort. Puis elle murmura d'une voix chagrinée :

– Oh! Alissa... Je suis désolée... Essaie de ne pas le prendre trop au tragique...

– Je ne le prends pas au tragique, Debbie! Je m'en moque complètement! D'ailleurs, tu sais bien que je n'ai jamais pu supporter cet homme!

Mais une fois que sa sœur eut disparu, Alissa, oubliant tout amour-propre, s'effondra en larmes sur son oreiller. Six ans auparavant, lorsqu'un jeune blanc-bec de vingt ans l'avait abandonnée, elle avait cru toucher le fond du désespoir. Mais maintenant, elle avait l'impression que cette souffrance n'était rien à côté de celle qui lui déchirait le cœur en ce moment... D'autant que, cette fois, elle ne pouvait s'en prendre qu'à elle-même! C'était elle qui, en dépit de toutes les recommandations qu'elle s'était faites, avait voulu se lancer à nouveau dans ce jeu dangereux et cruel...

Blottie sous ses couvertures, le cœur ravagé par une souffrance qui lui faisait oublier sa mâchoire endolorie, elle sentit peu à peu un horrible soupçon s'insinuer dans son esprit. Et si... Et si Anthony avait joué un jeu tout différent du sien... un jeu bien à lui, et qui n'avait rien à voir avec celui de l'amour?

Alissa était convaincue qu'Anthony s'était moqué d'elle. Mais pourquoi, dans quel but, un homme aussi séduisant que lui aurait-il pris la peine de feindre une telle passion, s'il n'avait eu en tête qu'une simple aventure amoureuse? Alissa n'avait pas une confiance exagérée dans sa beauté. Elle était jolie, mais pas belle au point de rendre les hommes fous de désir! Mais elle n'avait rien non plus d'une fille facile, avec laquelle on flirte sans que cela tire à conséquence...

Il devait y avoir autre chose. Et le cœur d'Alissa se serrait, à mesure que la vérité se faisait jour en elle. Elle repensa au dîner de *Thanksgiving*. Il avait bien vu que Granny s'était prise d'affection pour lui, et il n'avait pu manquer de remarquer qu'elle avait tout fait pour le rapprocher d'Alissa... Et elle se souvenait de ce soir-là, quand il l'avait embrassée pour la première fois, et de sa voix, qui résonnait encore à ses oreilles...

« *Par un beau jour de novembre...* »

Elle se mit à fouiller dans ses souvenirs, cherchant tous les indices possibles de la perfidie d'Anthony. En fait, quand on considérait les choses de l'extérieur, que voyait-on? Un étranger, qui pénétrait tout à coup dans le petit monde d'*Illyria*, s'insinuait dans les bonnes grâces de la famille, et courtisait adroitement une vieille dame tout en la soumettant à un chantage détourné à travers la personne de sa petite-fille... Et tout cela dans un but bien précis!

Alissa se sentit prise de nausée en y songeant. Oh! il avait dû vite comprendre qu'il lui serait très facile d'échapper à ses obligations... Si toutefois il avait jamais eu l'intention de s'en acquitter!

Elle revit aussi la soirée de la veille – une vraie scène de mélodrame –, quand il avait révélé l'existence de la fameuse dette, et s'était arrangé pour gagner la confiance de Granny avec ses airs honnêtes et ses belles promesses, avec toutes ses histoires de voyages à San Francisco... Mensonges! Mensonges que tout cela!

En proie à une extrême agitation, Alissa s'assit au bord du lit et pressa ses poings sur son front brûlant. Quelle idiote elle avait été! Quels idiots ils avaient tous été! Mais maintenant, tout était clair! Même une petite gourde romanesque comme elle ne pouvait plus s'y tromper! Oui, cette fois, elle avait compris!

Alors, toute la tendresse qu'elle avait cru sentir dans les caresses d'Anthony, ce jour-là, sur la tour... Toute cette passion qui les avait embrasés, sous le souffle immense et sauvage du grand vent venu de la mer... tout cela n'avait existé que dans son imagination! Et elle qui avait cru, pauvre folle, que l'amour entrait enfin dans sa vie...

Mais cela n'avait jamais été qu'un mensonge... Un mensonge de plus...

9

– Ecoute! protesta Debbie. Je suis sûre que Minnie ne va pas apprécier du tout que ce soit moi qui me charge de la vente! Si elle s'est adressée à notre agence, c'est uniquement par affection pour *toi*!

Il était déjà l'heure de partir, ce matin-là, mais les deux sœurs, debout au beau milieu de la cuisine, étaient plongées dans une discussion animée.

– Ne t'inquiète pas! Minnie n'est pas idiote au point de laisser passer une occasion pareille à cause de ça! Et tu peux être sûre, ajouta Alissa sur un ton sarcastique, que la maison de Minnie va plaire à la belle, à l'adorable Elaine... La merveille de Manhattan!

– Mais, Alissa...

– Je ne veux plus jamais avoir affaire à ce... à cette espèce de sale menteur! Un point, c'est tout!

Sur quoi elle sortit de la cuisine d'un pas décidé. Debbie la suivit dans le salon où Granny lisait un magazine en sirotant son thé.

– Alissa, si tu ne t'occupes pas toi-même de cette affaire, on risque de voir plusieurs milliers de dollars nous passer sous le nez...

– Effectivement, ce serait dommage! C'est sans doute le seul argent que Granny recevra jamais de ce type, tu as intérêt à faire du bon travail...

– Qu'est-ce que cela veut dire? demanda Granny d'une voix sèche. Pourquoi êtes-vous en train de vous chamailler dès l'aube, toutes les deux?

– Alissa, je t'en prie... fit Debbie d'une petite voix triste.

Debbie, qui compatissait pourtant de tout cœur aux malheurs de sa sœur, était quand même un peu choquée par la violence de sa réaction.

– Pourquoi dis-tu une chose pareille? Tu sais bien que c'est le vendeur qui paie la commission, et non l'acheteur!

Alissa éclata d'un rire sec.

– Non, mais d'où sors-tu? La commission est versée sur la somme convenue, et le vendeur la prend sur l'argent de l'acheteur!

– Bon, bon! D'accord! soupira Debbie, vaincue. Je veux bien faire ça pour toi...

– Encore une fois, de quoi s'agit-il? demanda Granny, qui s'impatientait.

– Pour moi? Pour Minnie, si tu veux! Ou même pour lui, si tu es assez bête pour accepter d'avoir encore affaire à lui! En ce qui me concerne, il peut bien aller s'installer à Tombouctou et s'acheter une hutte en bambou, je m'en fiche éperdument! Alors ne dis surtout pas que tu fais ça « pour moi », je t'en prie!

Prise de court par cette tirade féroce et injuste, la pauvre Debbie fondit en larmes. Aussitôt Granny, jetant son magazine, fit sur un ton de reproche :

– Alissa! Tu n'as pas honte de faire pleurer ta sœur? Et de parler d'Anthony de cette façon? Comme s'il n'avait pas déjà assez d'ennuis comme ça, le pauvre!

– Le pauvre? répéta Alissa d'un ton acerbe. Cette espèce de requin? Ecoute-moi, Granny : si tu ne trouves pas quelqu'un d'aussi retors que lui pour s'occuper de cette histoire de dette, crois-moi, il s'écoulera encore cinquante ans avant que tu voies la couleur de cet argent!

– Alissa! s'écria Granny, horrifiée. Serais-tu par hasard en train d'insinuer...

– Oui, exactement!

– Eh bien, c'est grotesque! protesta Granny. Mais

qu'est-ce qui te prend tout à coup ? Quelle idée ! Le petit-fils d'Edward Madigan serait bien incapable d'agir de façon malhonnête !

– Jamais il n'a laissé entendre qu'il ne voulait pas payer, Alissa, ajouta Debbie sur un ton apaisant. Il simplement dit qu'il le ferait en plusieurs fois ! Granny a raison, ce n'est pas le genre de personne à se défiler ! Ne sois pas de mauvaise foi !

Alissa serra les poings.

– Ça y est ! Vous voilà reparties ! Ah ! il vous a bien mis dans sa poche, tous autant que vous êtes ! Mais je vous aurai prévenues ! Ne vous fiez pas aux apparences ! Vous ne le connaissez pas aussi bien que moi !

Sur ces mots, Alissa, folle de douleur et de colère, voulut se ruer hors de la pièce... Mais sur le seuil, elle se heurta à un John Channing tout tremblant, suivi de... Anthony Madigan ! John, livide, balbutia :

– La porte était grande ouverte... J'étais en train de tailler les fuchsias... Je lui ai dit d'entrer... De dehors, je ne pouvais pas vous entendre... Je ne pouvais pas savoir... Oh ! je suis vraiment désolé...

Poussant un cri de désespoir, Alissa passa en trombe devant eux, effleurant au passage Anthony qui semblait transformé en statue de pierre. Puis elle se précipita dans le jardin, s'enfonçant dans le brouillard glacé en courant à perdre haleine... Loin, loin de cette maison où ils étaient tous contre elle...

Durant les journées de cauchemar qui suivirent, tout le petit monde d'*Illyria* fut en effervescence : on ne parlait plus que de la fameuse dette. Et ils avaient tous pris le parti d'Anthony. Seul Burt, qui estimait que les soupçons d'Alissa étaient peut-être fondés, était partisan d'attendre d'y voir plus clair avant de juger.

– Je sais que son affaire va très mal en ce moment, avait-il dit. Il est fort possible qu'il cherche par tous les moyens à éviter de s'acquitter de cette dette. Qui sait...? Seul l'avenir nous le dira...

Annie et John, incapables par nature de voir le mal nulle part, avaient une confiance totale dans l'honnêteté d'Anthony; et ils en voulaient profondément à Alissa d'oser douter de lui...

Quant à Granny, qui était pourtant la principale intéressée, elle se refusait obstinément à en discuter, au grand désespoir de ses vieux amis.

Bref, la tension qui régnait à *Illyria* commençait à devenir insupportable, et ce fut avec soulagement qu'Alissa accepta l'invitation à dîner de Sam pour le jeudi suivant.

Elle mit ce soir-là sa tenue préférée, une robe en laine noire à manches longues et à col montant, dont la jupe en forme tombait en plis gracieux : tout à fait le genre de robe qui fait de vous une femme sophistiquée et pleine d'assurance, même quand on ne l'est pas du tout. Exactement ce dont Alissa avait besoin...

Mais si elle avait compté sur Sam pour la distraire et lui faire oublier ses problèmes, elle dut vite déchanter. Dès qu'elle le vit arriver à 7 heures, elle comprit à son air préoccupé qu'il avait sans doute besoin, lui aussi, qu'on lui change les idées!

Ils décidèrent d'aller dîner au *Simpson*, un des meilleurs restaurants de Carmel. Là, tout en attendant qu'une table se libère, ils prirent un verre au bar. Sam, déjà peu bavard en temps normal, paraissait ce jour-là encore plus morose que d'habitude. Il n'ouvrait pas la bouche et se contentait de déchiqueter méticuleusement sa serviette en papier tout en sirotant son dry-martini.

– Vous ne voulez pas parler un peu de ce qui vous tracasse, Sam? finit par demander Alissa.

– Oh! c'est à propos de Marianne..., marmonna-t-il d'un air sombre. Je croyais qu'une fois qu'on avait divorcé, c'était la fin des problèmes! Mais apparemment, les choses n'ont fait qu'empirer!

Encouragé par Alissa, il finit par lui annoncer que

Marianne songeait à se remarier. Alissa savait que, d'après les attendus du divorce, elle perdrait dans ce cas la pension que Sam lui versait. Il aurait donc dû être content de se voir débarrassé de cette obligation contraignante, mais cela n'avait pas l'air de le réjouir du tout!

A dire vrai, Alissa avait souvent pensé que Sam était beaucoup plus malheureux sans Marianne qu'il ne l'avait été avec elle. Et pour lui, la savoir mariée à un autre était bien pire que d'avoir à lui verser de l'argent tous les mois.

– L'homme qu'elle veut épouser habite à Chicago, poursuivit Sam d'un air misérable. Si elle va là-bas, je ne verrai plus les enfants! Et tout l'argent que j'économiserai sur la pension passera en billets d'avion!

Sur ce, on les appela pour les conduire à leur table. Préoccupée par les ennuis de Sam, Alissa se contenta de jeter un coup d'œil distrait au menu.

Marianne était une femme volontaire, rayonnante de vitalité. Bien sûr, de l'extérieur, il est toujours difficile de juger des relations d'un couple, mais elle les connaissait tous les deux depuis assez long-temps pour savoir que ce divorce avait été une affreuse erreur. En fait, Marianne avait quitté Sam sous prétexte de « trouver sa voie », de « s'accom-plir en tant que femme », et de devenir indépen-dante. Ce qu'elle ne pouvait faire, disait-elle, tant qu'elle était l'épouse de Sam. Si Sam avait été un de ces maris traditionnels, à la fois possessifs et domi-nateurs, Alissa aurait compris la situation. Et s'il avait vraiment étouffé la personnalité de sa femme, eh bien, Alissa aurait été la première à l'encou-rager à divorcer. Mais ce n'était nullement le cas. Sam était un homme simple et facile à vivre, bon époux et bon père de famille, avec ses défauts, bien sûr, mais aussi un nombre fort appré-ciable de qualités...

Cela faisait de la peine à Alissa de voir que Sam, non seulement avait perdu la seule femme qu'il eût jamais aimée, mais qu'en plus, il allait à présent perdre ses enfants... Elle laissa éclater son amertume :

– Si l'autre a une si belle situation à Chicago, il a certainement de l'argent à jeter par les fenêtres! Vous êtes un juriste, Sam. Alors, trouvez un arrangement quelconque. Posez comme condition, par exemple, que si Marianne emmène les enfants hors de Californie, elle devra s'engager à payer vos frais de déplacement! Puisque, de toute façon, vous allez tout perdre dans cette histoire, autant que ce soient eux qui payent, pour une fois!

– Mais vous êtes devenue une vraie tigresse, ma parole!

– J'ai appris à mes propres dépens que, dans la vie, ceux qui sont trop bons se font toujours avoir!

Alissa et Sam, en étaient au dessert lorsque des éclats de voix leur firent lever la tête. Alissa eut un coup au cœur en reconnaissant Anthony. Debout devant le bar, il était en train de discuter âprement avec un maître d'hôtel impassible. Il avait retrouvé toute sa morgue new-yorkaise, et sa tenue aussi était redevenue plus stricte. Il portait un costume noir de coupe impeccable, une chemise d'un blanc éblouissant, et une cravate rayée noir et blanc. Ses cheveux noirs luisaient comme une aile de corbeau.

Quel... quel démon! songea Alissa, mortifiée au plus profond d'elle-même de se sentir à ce point bouleversée par sa présence. Au même moment, elle remarqua, derrière lui, une femme d'une telle beauté et d'une telle élégance qu'elle semblait sortie tout droit des pages de *Vogue*. Sa longue chevelure noire ondulait sur ses épaules, tandis qu'elle détournait la tête, comme pour bien montrer qu'elle était étrangère à cette discussion...

Paralysée, Alissa la vit tirer Anthony par la manche et lui faire signe qu'il valait mieux s'en aller. Anthony acquiesça avec déférence, dit quelque chose qu'Alissa ne put entendre et tourna le dos au maître d'hôtel indigné. Il suivit l'inconnue en lui entourant les épaules d'un bras protecteur, et tous deux disparurent dans la nuit.

Voyant qu'Alissa semblait avoir la tête ailleurs, Sam demanda l'addition et lui proposa d'aller prendre un cognac au bar. Ils s'assirent cette fois à une table dans un coin retiré, et Sam demanda :

– Qui était cette ravissante personne avec Anthony?

Alissa lui expliqua que c'était l'amie d'Anthony, et qu'ils comptaient habiter ensemble la maison de Minnie. Le simple fait d'énoncer à voix haute ce qui la torturait depuis plusieurs jours lui parut accroître encore sa souffrance. Puis, maintenant qu'elle avait dit le plus pénible, elle se résolut à raconter à Sam l'histoire de la dette, et lui fit part de ses doutes sur les intentions d'Anthony.

– Je voulais justement vous demander votre avis à ce sujet, mais je ne l'avais pas fait jusqu'ici parce que... eh bien, parce qu'on m'a fait clairement comprendre que je devais rester en dehors de tout ça. A part Debbie, ils sont tous tellement entichés de cet Anthony, que dès que j'ouvre la bouche, ils me lancent des regards outrés, comme si je calomniais le Saint-Père en personne!

– Et pourquoi pensez-vous qu'Anthony n'a pas l'intention de s'acquitter de cette dette? demanda Sam avec un calme tout professionnel.

Alissa reprit les choses depuis le commencement. Elle décrivit la façon dont Anthony avait réagi lorsqu'il avait reconnu dans son hôtesse la femme qu'il était venu voir à Carmel.

– Oui, fit Sam. Moi aussi, j'avais remarqué qu'il avait l'air bouleversé, mais je mettais cela sur le compte d'une surprise tout à fait compréhensible. Bien sûr, je ne savais pas qu'il était venu à Carmel exprès pour voir votre grand-mère...

Alissa lui raconta alors ce qu'Anthony lui avait dit le soir où il l'avait forcée à l'accompagner jusqu'à sa voiture. « Vous avez voulu me ridiculiser, vous espériez que je commettrais une gaffe tellement énorme que je n'aurais plus eu la moindre chance de me rattraper! » Et elle ajouta :

– Alors? Vous ne trouvez pas qu'on jurerait un homme qui cherche à s'insinuer dans les bonnes grâces d'une vieille dame sans défense, afin de ne pas avoir à payer sa dette?

Sam se frotta le menton d'un air pensif.

– C'est possible! Mais ce n'est qu'une hypothèse qui n'aurait pas la moindre valeur devant un tribunal...

– Oh! je sais bien, fit Alissa avec une pointe d'agacement. Mais quand on met tous les détails bout à bout... Par exemple, vous vous souvenez? Il n'a pas ouvert la bouche quand Granny a commencé à parler de la Dépression, et comment les gens faisaient des fortunes colossales qu'ils perdaient le lendemain.

Sam répondit avec un sourire :

– Non, je ne trouve pas cela très convaincant, Alissa... Il n'a pas ouvert la bouche, d'accord... Mais qu'aurait-il pu dire? Il n'a rien à voir avec la Dépression, puisqu'il n'était même pas né, à l'époque!

– Bon! poursuivit Alissa avec entêtement. Mais alors, que pensez-vous de la façon dont il a fait la cour à Granny depuis le premier jour, sans jamais faire allusion à cette dette? Vous ne trouvez pas bizarre qu'il se soit mis à fréquenter assidûment Granny et le reste de la famille, alors qu'il n'était venu la voir que pour cette affaire?

Sam se tortilla sur sa chaise, mal à l'aise.

– Alissa, chérie, vous et votre famille êtes bien mes clients, non? Et pourtant, n'ai-je pas été toujours invité à *Illyria* en tant qu'ami? Et que faisons-nous en ce moment, sinon discuter amicalement?

Alissa sentit des larmes de dépit lui monter aux yeux. Elle qui croyait que Sam, une des personnes les plus sensées de son entourage, comprendrait immédiatement la situation, elle qui pensait que les

111

machinations de ce New-Yorkais lui sauteraient tout de suite aux yeux! Mais il était aussi têtu que les autres!

– Si vous l'aviez vu mercredi dernier! marmonna-t-elle, furieuse. Il voulait savoir à tout prix quels étaient nos enjeux habituels au poker! C'était le fameux soir où il a enfin parlé de la dette! Et si vous aviez vu la comédie qu'il nous a jouée! D'accord, vous faites des efforts pour rester objectif, Sam, mais moi, je *sais* qu'il était tout simplement en train d'essayer de jauger la situation financière de Granny! Il s'attendait peut-être à trouver une ancienne star riche à millions, pour qui une telle somme ne représente rien... Ou bien alors une pauvre gâteuse, à laquelle il se serait arrangé pour verser une pension de misère!

– Alissa! protesta Sam en riant. Mais qu'est-ce qui vous prend! Qu'est-ce qu'Anthony a bien pu vous faire pour exciter une telle hargne! J'ai toujours trouvé que c'était un type qui inspirait confiance. Peut-être un peu trop collet monté, mais de là à en faire le monstre que vous décrivez! Il a une excellente réputation dans le monde des affaires, et je ne vois pas quelle excuse il pourrait trouver pour refuser de payer cette dette!

Alissa, heureuse de pouvoir enfin lui proposer un argument objectif, répliqua :

– Burt affirme qu'il a de gros ennuis en ce moment. Le cours de ses actions a énormément baissé... Et il a lui-même reconnu qu'il n'avait pas de quoi rembourser Granny pour l'instant! Il a prétendu qu'il voulait mettre au point avec elle un arrangement, pour la payer en plusieurs fois!

Elle se carra sur sa chaise d'un air satisfait. Cette fois, la ruse d'Anthony crevait les yeux! Et Sam ne pourrait pas dire le contraire!

Mais apparemment, Sam ne semblait pas plus convaincu qu'avant... Il secoua la tête d'un air perplexe.

– Je suis désolé, Alissa, mais je ne crois vraiment

pas que vos soupçons soient fondés! Et à moins que vous ne me présentiez un argument de dernière minute, tout cela ne me paraît pas tenir debout!

Presque furieuse contre lui, Alissa haussa les épaules pour couper court à cette conversation. Si seulement elle avait pu lui raconter le reste – la partie personnelle de l'histoire –, il aurait bien compris qu'Anthony jouait la comédie! Comment expliquer ces baisers, ces déclarations d'amour, sinon comme des ruses, des manœuvres destinées à la séduire, afin de faire pression sur Granny à travers sa petite-fille? Et la façon ignoble dont il avait joué avec les sentiments d'Alissa, tout en se servant d'elle pour trouver la maison où il comptait vivre avec sa maîtresse! Là, Sam aurait certainement été convaincu! Mais elle n'avait pas la moindre envie de remuer ces souvenirs douloureux... Et puis, il aurait fallu reconnaître devant Sam qu'elle s'était conduite comme une oie blanche!

Le vendredi après-midi, Alissa décida de se rendre à la Pointe de Lobos, magnifique parc naturel à quelques kilomètres au sud de Carmel. C'était une belle journée d'hiver, le ciel était pur, et tout baignait dans cette transparente lumière californienne qui rappelle tant celle de la Grèce. Alissa s'engagea sur la route qui, traversant la forêt, menait à la mer. Le silence n'était troublé que par le crissement des pneus sur les aiguilles de pin, le ronronnement du moteur, et, de temps à autre, le chant d'un oiseau. La Pointe n'était pas un endroit très fréquenté d'habitude, et en ce jour de semaine, elle était complètement déserte.

Quelques instants plus tôt, elle était en train de se morfondre dans son bureau, toute seule, car Debbie était partie passer le week-end à San Francisco avec Ray Snelling. Il n'y avait pas grand-chose à faire, et Alissa, étouffant brusquement entre ces quatre murs, avait appelé Granny pour lui dire qu'elle allait à la Pointe et ne rentrerait pas avant l'heure du dîner.

Evidemment, des chaussures à talons et un manteau en poil de chameau n'étaient pas la tenue exactement appropriée pour se promener dans une nature aussi sauvage, mais elle ne pouvait pas prévoir qu'elle ressentirait aujourd'hui un tel besoin d'air pur!

Elle roulait toutes vitres ouvertes dans la pénombre de la forêt de pins et d'eucalyptus, sous les grands arbres qui se rejoignaient en formant une voûte au-dessus de sa tête. Leurs branches se balançaient dans la brise du Pacifique, et elle inspira l'odeur grisante de la mer... Elle laissa sa voiture sur le terre-plein de Whaler Cove, et alla s'asseoir sur un talus où les touffes d'herbe le disputaient aux algues sèches. La paix qui régnait autour d'elle finit par calmer ses nerfs tendus à craquer, et peu à peu, tous ses petits problèmes s'estompèrent devant la splendeur du spectacle qu'elle avait sous les yeux. Les genoux entre les bras, se protégeant de son mieux contre les rafales, elle contempla l'océan... Au bout de quelques minutes, fascinée par les évolutions gracieuses des cormorans qui passaient à tire-d'aile au-dessus de sa tête, elle oublia le monde entier et ne songea plus qu'au bonheur d'être là.

Lorsqu'elle entendit tout à coup une voix qui l'appelait, elle ne put s'empêcher de pousser un cri de frayeur.

La silhouette menaçante d'un homme se dressait sur le terre-plein le long de la plage. Son cœur se mit à battre à tout rompre, et elle poussa un soupir de soulagement en reconnaissant Anthony.

Elle songea brusquement que c'était la première fois qu'elle le voyait ainsi, de loin. Il ressemblait vraiment à un prince irlandais d'autrefois, imprévisible, passionné, sauvage – comme le paysage sur lequel il se détachait en ce moment. Un homme comme on en rencontre peu!

Il s'avança vers elle à grandes enjambées, et

114

lorsqu'il fut assez près pour qu'elle pût distinguer l'expression de défi dans ses yeux bleus, elle se mit à trembler.

– Allez-vous-en! Laissez-moi tranquille! s'écria-t-elle en reculant vers la mer.

Mais il avançait toujours. Et la distance qui les séparait diminuait de seconde en seconde... Le dos à la mer, les pieds battus par les vagues, Alissa s'écria en frémissant :

– Si vous faites un pas de plus, je hurle!

Anthony eut un sourire dédaigneux et continua d'approcher. Il était si près d'elle, maintenant, qu'elle l'entendait respirer... Au moment où il avança la main pour l'attraper, elle poussa un cri perçant. Et il éclata d'un rire dur.

– Vous avez le choix entre partir à la nage pour Hawaii, ou bien parler avec moi!

– Lâchez-moi! Je n'ai rien à vous dire!

Elle se débattit avec l'énergie du désespoir, mais, presque aussitôt, une douleur lancinante lui traversa le bras.

– Oh! mais je ne suis pas venu ici pour vous entendre, fit-il. C'est moi qui vais parler, pas vous!

Ignorant les efforts qu'elle faisait pour lui échapper, il la traîna derrière lui comme une poupée de chiffons, et elle dut le suivre en trébuchant jusqu'à un talus herbeux.

– Maintenant, vous allez écouter ce que j'ai à vous dire! gronda-t-il en lui serrant les poignets avec force. Je sais que certaines choses vous paraissent étranges dans mon attitude... Le fait de ne pas avoir mentionné cette dette plus tôt...

Mais Alissa l'interrompit :

– C'est Granny qui vous a dit où j'étais, n'est-ce pas? Puisque vous vous entendez si bien avec elle, allez donc lui raconter ce que vous avez à dire! Mais ne me mêlez pas à cette histoire! Je m'en lave les mains, si vous voulez savoir! J'ai entendu assez de mensonges de votre part, espèce de don Juan à la manque! Et vous ne tirerez plus rien de moi!

Le visage d'Anthony se figea et une lueur inquiétante apparut dans ses yeux.

– Vous vous rendez compte de ce que vous êtes en train de dire?

Pensant qu'elle n'avait plus rien à perdre, Alissa laissa éclater sa fureur.

– Oui, je m'en rends parfaitement compte! Et j'aurais dû le dire depuis longtemps déjà! Depuis la minute où je vous ai rencontré, j'ai compris que vous n'étiez qu'un sale snob de la côte Est, un grossier personnage! Et... et un vulgaire coureur!

Il y eut une seconde de silence. Anthony plongea son regard d'acier dans les yeux bleus remplis de larmes. Puis, d'une voix glaciale, si étrange que la jeune fille en frissonna des pieds à la tête, il répondit :

– Alors, dans ce cas...

Il l'attira à lui avec une telle brutalité qu'elle en eut le souffle coupé. Et il se mit à l'embrasser si sauvagement, que, les lèvres meurtries, elle tressaillit de douleur. Les efforts qu'elle faisait pour se dégager semblaient décupler sa rage et sa passion, et il resserra encore son étreinte. Sa bouche avide descendit lentement sur la gorge d'Alissa. Il la broya impitoyablement contre son corps musclé. Prise de panique, elle continuait à se débattre comme une folle. Elle était seule avec lui dans cet endroit désert, il n'y avait personne à des kilomètres à la ronde. Même si elle trouvait la force de hurler, on ne l'entendrait pas! Et il le savait aussi bien qu'elle...

Elle se remit à lutter de plus belle, donnant des coups de pied en tous sens... Il leva alors la tête et la dévisagea d'un air bizarre, comme s'il souhaitait lui faire comprendre quelque chose. Elle voulut lui donner un dernier coup de pied, mais perdit l'équilibre et tomba sur l'herbe avec un bruit sourd, écrasée par le corps d'Anthony.

Elle poussa un gémissement de désespoir et un

flot de larmes inonda ses joues. Anthony, avec un sourire inquiétant, lui emprisonna les poignets d'une main, tandis que, de l'autre, il lui caressait les cheveux d'un geste presque tendre...

– Je vous en prie! supplia Alissa. Je ne peux plus respirer...

Pour toute réponse, il déplaça légèrement le poids de son corps. Et tandis qu'il se penchait pour baiser ses lèvres humides de larmes, elle perçut tout à coup les battements de son cœur contre sa poitrine.

D'un geste impatient, il défit la ceinture du manteau d'Alissa, et elle sentit sa main chaude remonter le long de son corps, s'attardant un instant sur son sein palpitant... Ses lèvres effleurèrent la peau nue de sa gorge, puis descendirent lentement.

Malgré sa terreur, Alissa perçut un léger changement dans l'attitude d'Anthony. Ses caresses avaient perdu toute violence, et se faisaient incroyablement douces...

Alors, peut-être parce qu'elle sentait qu'il ne lui ferait pas de mal, ou peut-être parce qu'elle comprenait qu'elle ne pourrait pas lui résister, Alissa cessa brusquement de lutter. Elle s'abandonna enfin à l'immense lassitude qui lui ôtait toute volonté et à cet émoi délicieux qui commençait à l'embraser malgré elle.

Anthony lui lâcha les poignets et, poussant un profond soupir, elle se laissa aller au plaisir indicible que lui procuraient les baisers légers qu'il déposait au coin de ses lèvres.

Quand elle sentit qu'il s'écartait, elle ouvrit les yeux. Il la dévisageait d'un air bizarre. On aurait dit qu'il allait parler. Alissa retint son souffle, espérant qu'elle ne s'était pas trompée... Mais peut-être se faisait-elle encore des idées? Palpitante, le cœur battant, elle attendait qu'il veuille bien enfin s'expliquer...

Il se pencha, déposa un baiser sur le bout de son nez, et dit d'une voix nonchalante :

– Je suis heureux de voir que vous avez aban-
donné la lutte, mademoiselle la Californienne! Ce
n'est vraiment pas digne d'une native de l'Etat du
Plaisir que de se laisser ainsi arrêter par de vieux
principes moraux parfaitement démodés!

Une vague d'indignation la souleva. Elle bondit
sur ses pieds, et avec une vigueur décuplée par la
rage, elle le gifla à toute volée. Il tomba en arrière
en se tenant la joue, et elle se mit à courir comme
une folle en direction de sa voiture.

– Attendez! Mais attendez! Ce n'était qu'une plaisanterie! Je ne pensais pas que vous le prendriez
comme ça!

Mais Alissa continua à courir, regardant de temps
en temps par-dessus son épaule pour s'assurer qu'il
ne la suivait pas. Lorsqu'elle atteignit sa voiture, elle
se retourna une dernière fois. Il était toujours à la
même place, à genoux sur le sable... On aurait dit un
noyé, qui essaierait en vain de se raccrocher au
rivage... Si elle n'avait pas su que c'était impossible,
elle aurait juré que son visage, en cet instant,
exprimait une souffrance sans bornes... Mais, le
connaissant, elle savait bien qu'elle l'avait tout
bonnement blessé dans son orgueil de mâle! Eh
bien, il n'avait qu'à aller se consoler dans les bras
d'Elaine!

10

– Debbie, tu veux bien me passer la dernière guirlande, s'il te plaît? demanda Alissa qui, perchée sur le petit escabeau, était en train de décorer le superbe sapin de Noël qui trônait dans le salon d'*Illyria*.

Alissa avait pris la ferme résolution de ne plus penser à toute cette histoire et de reprendre une vie normale – la vie qu'elle avait toujours menée jusqu'à cette fameuse veille de *Thanksgiving*, où elle avait eu le malheur de le rencontrer...

Elle ne pouvait manquer de remarquer les regards curieux qu'on lui lançait de temps à autre, et il lui arrivait parfois de surprendre des bribes de conversation au sujet de la dette. Mais elle ignorait délibérément toutes les allusions, et résistait à la tentation de se mêler aux discussions.

Debbie alla s'asseoir au piano et se mit à jouer distraitement d'un doigt.

– Dis donc, j'ai l'impression que cela fait une éternité que je ne t'ai pas vue, Alissa... Enfin, que je ne t'ai pas parlé! Tu n'es pas très souvent à l'agence, ces temps-ci!

– Oh! de toute façon, les affaires sont tellement calmes, fit Alissa, évasive. Tiens, passe-moi l'étoile, s'il te plaît... J'ai presque fini!

Debbie lui tendit l'étoile dorée qui avait décoré le faîte de tous leurs arbres de Noël depuis leur plus tendre enfance. Alissa la fixa soigneusement, et descendit pour considérer son œuvre d'un œil critique.

– Deb, tu te souviens du Noël que nous avons passé à Hawaii, quand père travaillait là-bas, avant que nous venions habiter chez Granny?

Debbie hocha la tête.

– Maman avait décoré l'arbre avec des orchidées, je me souviens très bien!

– Comme j'aurais aimé qu'ils puissent venir, cette année! soupira Alissa. Cela fait si longtemps que nous n'avons pas passé Noël tous ensemble!

Debbie jeta un coup d'œil à sa sœur. Elle savait bien la cause réelle de sa tristesse, et aurait tant voulu pouvoir faire quelque chose pour elle!

– Au moins, nous serons toutes les trois, Granny, toi et moi! Tu verras, nous allons passer un très bon Noël quand même!... Je t'ai acheté un super cadeau, tu sais!

Un sourire reconnaissant illumina le visage sombre d'Alissa.

– Quand on a la chance d'avoir la plus adorable petite sœur qui soit, on n'a pas besoin de cadeau!

Et pendant quelques courts instants, elle se sentit un peu réconfortée dans son malheur.

Le mardi suivant, Alissa se rendit à la poste, comme le faisaient tous les jours les habitants de Carmel, afin de chercher le courrier de la famille.

Cette visite quotidienne à la poste faisait partie des plus anciennes coutumes de Carmel. Jadis, quand les artistes étaient encore très peu nombreux, disséminés dans les forêts des alentours, ou perchés sur la falaise, il n'était bien sûr pas question de distribuer le courrier à domicile. Plus tard, lorsque la ville s'était agrandie, les habitants auraient pu se payer les services d'un facteur... Mais le respect de la vie privée était devenu sacro-saint à leurs yeux. Sans compter qu'ils n'avaient pu se résoudre à numéroter les maisons, préférant leur donner des noms, comme le font les Anglais. Venir tous les jours à la poste était donc une coutume très ancienne, à laquelle ils n'auraient renoncé pour rien au monde. Les touristes, les gens de passage et les nouveaux venus, eux, considéraient comme une corvée de devoir faire la queue pour recevoir leur courrier. Mais pour les gens de Carmel, c'était une occasion de plus pour bavarder avec les amis...

Alissa se fraya un chemin à travers la foule, tout en adressant à la ronde des sourires affables. Elle se dirigea droit vers la case d'*Illyria* et en retira une pile de ce qui semblait être des cartes de vœux. Au moment où elle s'apprêtait à sortir, elle se sentit défaillir : Anthony venait d'entrer. Il était seul. Le pardessus de drap qu'il portait ce jour-là faisait ressortir encore davantage son teint mat et l'humidité faisait friser ses boucles noires.

Alissa se colla au mur et retint son souffle. Mais il l'avait vue. Leurs regards se croisèrent, le temps d'un éclair... Et il détourna les yeux, comme s'il ne la reconnaissait pas.

Alissa prit une profonde inspiration et sortit. Au bout de quelques pas, elle sentit des gouttes glacées ruisseler sur ses joues... Le brouillard...

Jamais son petit bureau, avec son carillon aigrelet, ne lui avait paru aussi accueillant! Au moment où elle entrait, Debbie raccrochait le téléphone.

– C'était Minnie! fit-elle d'un air amusé. Elle me dit que l'« aura » d'Anthony a fait de nets progrès. Il paraît qu'elle est passée d'un jaune verdâtre à un jaune brunâtre... Brrr! Ça doit être horrible!

Alissa se força à sourire.

– Elle ne parle plus que de la vente, en ce moment! poursuivit Debbie. J'ai l'impression qu'elle a peur qu'il vienne hanter la maison comme un fantôme, mais, d'un autre côté, elle sait qu'elle ne retrouvera jamais un meilleur client, prêt à payer sans discuter le prix qu'elle en demande!

– Hé oui! Que veux-tu, l'argent avant tout..., fit Alissa en haussant les épaules.

– Il paraît que la banque a reçu d'excellents renseignements. Tout est en règle.

Alissa ne fit pas le moindre commentaire, espérant que Debbie abandonnerait le sujet d'elle-même. Elle avait pourtant essayé de lui faire comprendre plusieurs fois qu'elle ne voulait plus entendre parler de cette histoire!

– Finalement, je crois que tout va bien se passer, conclut Debbie.

– A moins que M. Madigan ne parvienne pas à obtenir de prêt! dit Alissa d'un air mauvais.

– Oh, Alissa! Quels que soient ses défauts, il est certainement solvable! Il n'y a pas de raison pour qu'on lui refuse un prêt pour s'acheter une maison...

– Dans ce cas, pourquoi ne rembourse-t-il pas d'abord ses dettes?

Debbie poussa un soupir.

– Bon, je crois que je vais aller manger quelque chose.

A peine avait-elle fini sa phrase que la sonnette de la porte d'entrée retentit joyeusement. C'était Pamela, suivie d'une femme d'une éblouissante beauté. Le cœur battant, Alissa les regarda s'avancer d'un air affolé, comme un animal pris au piège.

Elaine Stanley était vêtue d'un élégant tailleur beige et noir, et sa chevelure sombre était relevée en chignon sur sa nuque. Maintenant qu'elle la voyait de près, Alissa devait reconnaître que c'était vraiment une femme d'une rare beauté : on aurait dit une statue grecque, avec ses traits purs et réguliers... Et son visage avait quelque chose d'ouvert, de chaleureux, qui allait droit au cœur. En d'autres circonstances, cette femme lui aurait certainement été très sympathique...

– Debbie, je sais que tu as déjà fait la connaissance d'Elaine! dit alors Pamela avec son enjouement habituel. Mais je tenais à ce qu'elle rencontre Alissa. Alissa, je te présente Elaine Stanley, la personne à qui j'avais envoyé des vêtements... Tu te souviens?

– Oui, bien sûr..., grommela Alissa sur un ton peu amène.

– Eh bien, comme tu le sais sans doute déjà, Elaine va s'installer à Carmel. Elle est venue me voir aujourd'hui pour échanger quelques vêtements qui n'allaient pas très bien... Alors nous avons un peu bavardé, et elle est tellement merveilleuse que j'ai décidé de la prendre sous mon aile et de lui faire connaître mes meilleurs copains!

Oh! comment Pamela pouvait-elle lui faire une chose pareille! Et tandis qu'Alissa, le cœur serré, se renfrognait dans son coin, Debbie se précipita pour faire du café, tout en invitant les visiteuses à s'asseoir. Elaine engagea aussitôt la conversation, comme si de rien n'était.

– Je sens que je vais me plaire ici! dit-elle d'une voix douce.

Et elle se répandit en éloges sur le charme et la beauté de Carmel, et sur la gentillesse de ses habitants. Lorsque la conversation tomba sur la maison de Minnie, Alissa, à l'idée qu'ils allaient y vivre ensemble, sentit son cœur se déchirer...

– Mme Wanamaker est une femme vraiment délicieuse! Je ne crois pas qu'elle aime beaucoup Anthony, mais, ajouta-t-elle sur un ton confidentiel, il est dans un tel état en ce moment, que je ne peux vraiment pas la blâmer!

Alissa tressaillit en entendant son nom dans la bouche de cette femme et en voyant avec quelle familiarité elle parlait de lui...

Pamela lui lança un coup d'œil avant de dire :

– Elaine, si vous racontiez à Alissa comment vous avez décidé de venir vous installer en Californie? C'est vraiment une drôle d'histoire... Enfin, surtout, vous avez une façon de la raconter!!!

– Oui, c'est une drôle d'histoire! Maintenant, je le prends comme ça... mais sur le coup, cela n'avait rien de drôle!

Et elle se mit à expliquer, avec beaucoup d'humour, les circonstances un peu bizarres de son récent divorce. Son mari, un homme assez faible, lui avait froidement annoncé, quelques mois auparavant, qu'il abandonnait son travail, demandait le divorce et avait l'intention de partir s'installer en Californie...

– En fait, cela faisait des années qu'il caressait en secret le rêve de devenir acteur! Et peut-être qu'il a vraiment du talent, après tout! Il a bien joué le rôle du mari parfait pendant neuf ans, et avec tant de naturel que je m'y étais complètement laissé prendre!

Tout en plaignant Elaine du fond du cœur, Alissa était un peu choquée de la voir étaler ainsi devant des étrangers les détails de sa vie intime... Comment pouvait-on parler avant tant de légèreté d'un sujet aussi grave? Décidément, ces New-Yorkais n'étaient pas des gens très délicats! Mais, de toute façon, mieux valait ne pas avoir le cœur trop sensible pour supporter de vivre avec un homme comme Anthony!

Debbie compatit vaguement, mais Pamela étouffa un petit rire :

– Attendez un peu de savoir la suite! Allez-y, Elaine, continuez!

– Eh bien, je me suis inclinée... Qu'aurais-je pu faire d'autre? Je ne pouvais pas m'opposer à ses ambitions... Moi aussi, j'ai les miennes! Et qui n'a pas ses rêves, d'ailleurs? Seulement j'ai appris peu de temps après qu'il n'avait pas l'intention de vivre les siens tout seul... Il avait une liaison avec la femme que mon frère fréquentait depuis plus d'un an. (Une ombre passa sur le beau visage d'Elaine.) Je n'avais jamais vraiment approuvé le choix de mon frère, mais il était très amoureux d'elle. Et cette histoire l'a profondément ébranlé. A présent, il est content que les choses se soient terminées ainsi, mais je crois que son orgueil ne s'en est pas encore tout à fait remis... (Elle ajouta avec un sourire entendu :) Vous savez combien les hommes sont vulnérables!

L'ex-petite amie du frère d'Elaine s'était brusquement découvert, elle aussi, une vocation pour le cinéma, et ils s'étaient tous deux envolés pour Hollywood, quittant à tout jamais la grisaille de New York...

– Alors, j'ai bien réfléchi, poursuivit Elaine, et je me suis rendu compte que sous la New-Yorkaise bien raisonnable que j'étais devenue, sommeillait une femme simple qui ne rêvait que de soleil et d'air pur...

Elaine éclata de rire, découvrant des dents parfaites. Debbie et Pamela, conquises par son charme, lui firent écho.

Alissa, elle, restait figée sur sa chaise, paralysée par un tourbillon d'émotions contradictoires. Elle éprouvait une profonde attirance pour cette femme, et en même temps, elle la haïssait de toute son âme. Heureuse pour elle de voir qu'elle s'était si rapidement remise de l'échec de son mariage, elle était cependant désolée que ce soit avec Anthony qu'elle ait trouvé le bonheur. Et, bien qu'elle fût pleine d'admiration pour son courage, elle désapprouvait, en son for intérieur, son intention de vivre en concubinage avec un homme.

La voix de Pamela interrompit le cours de ses pensées.

– Allez-y, Elaine ! Continuez ! Finissez votre histoire !

– Eh bien, c'est à peu près tout ! En fin de compte, je me suis dit : puisqu'ils partent en Californie pour trouver le bonheur, pourquoi n'en ferions-nous pas autant ? Alors, nous avons décidé, mon frère et moi, de venir nous installer ici. Et comme il devait se rendre en Californie pour affaires, je lui ai dit : « Anthony, tu vas aller là-bas, et tu achèteras la plus belle maison que tu pourras trouver ! » C'est ce qu'il a fait... Et nous voilà ! Fin de l'histoire !

Alissa crut que son cœur s'arrêtait. Avait-elle bien compris ? Apparemment oui, car Debbie, qui avait l'air, elle aussi, en état de choc, demanda d'un air abasourdi :

– Mais... alors, Anthony Madigan est votre frère ?

Elaine hocha la tête.

– Et votre mari, dit Alissa, c'est... c'était l'associé d'Anthony ?

– Oui, effectivement ! Mais cela fait déjà plusieurs mois qu'ils ne travaillent plus ensemble...

A présent, Alissa comprenait pourquoi Anthony lui avait dit qu'il s'était rendu à San Francisco pour des affaires de famille, et pourquoi il avait dit à Granny qu'il y était allé pour son travail... Il n'avait menti ni à l'une ni à l'autre.

Pamela considérait Alissa et Debbie d'un air ravi. Elle avait trop de tact pour dire à haute voix ce qu'elle avait sur le cœur, mais Alissa voyait bien qu'elle était persuadée que cette nouvelle allait tout arranger...

Alors que, bien sûr, cela n'arrangeait rien du tout! Un peu plus tard, tandis qu'elles étaient sur le chemin du retour, Debbie lui dit, presque en larmes :

– Alissa! Si seulement tu avais su depuis le début qu'Elaine était sa sœur!

– Cela n'aurait rien changé, Debbie, fit-elle d'une voix résignée. Il y a autre chose, quelque chose de bien plus grave que ça...

Elle songeait à l'antagonisme profond qui les avait immédiatement dressés l'un contre l'autre, à cette morgue qui l'avait hérissée dès la première minute, et surtout à son comportement dans cette histoire de dette...

Et pourtant, ce soir-là, une fois seule dans sa chambre, elle se mit à broyer du noir. Si elle avait su dès le début qu'Anthony n'avait personne dans sa vie, n'aurait-elle pas donné à l'amour qui naissait en elle une chance de se développer? Et dans ce cas, lorsque l'affaire de la dette était survenue, n'aurait-elle pas eu trop confiance en lui pour douter de ses intentions?

Bien sûr, elle avait toujours des soupçons... Mais elle était beaucoup moins certaine d'avoir raison, à présent. Un homme assez sensible, assez généreux pour faire passer le bonheur de sa sœur avant tout, n'était certainement pas du genre à vouloir tromper une vieille dame sans défense! Quant à ses propos désinvoltes sur la Californie, eh bien, Alissa les comprenait on ne peut mieux, maintenant! Elle se souvenait parfaitement que lorsqu'elle avait été abandonnée, six ans auparavant, elle avait soulagé son cœur en déversant un flot d'injures contre ce pauvre Oregon, le pays de son ex-fiancé... Et elle s'était bien juré de ne plus jamais avoir de relations avec un homme! D'ailleurs, pendant les premiers mois, elle n'avait pas été particulièrement tendre avec ceux qui avaient eu le malheur de croiser son chemin!

Une idée loufoque lui traversa la tête : et si elle lui téléphonait... tout de suite? Si elle lui demandait pardon? Non, non, elle ne ferait pas ça, mais elle serait très aimable... Elle lui raconterait qu'elle venait de faire la connaissance de sa sœur... Et... Non! D'abord, elle lui demanderait de l'excuser pour l'avoir insulté... pour avoir douté de lui... Non, cela n'avait aucun sens de lui demander pardon, tant que l'histoire de la dette ne serait pas réglée!

Non! Il était trop tard! Trop tard pour se conduire comme une gamine impulsive et risquer d'être repoussée, une fois de plus! La flambée d'espoir qui l'avait embrasée retomba lamentablement, et le doute s'insinua à nouveau dans son cœur...

Elle s'effondra sur son lit et enfouit son visage dans l'oreiller... Jamais elle n'oublierait la façon dont il l'avait regardée à la poste... Non, il était bien trop orgueilleux pour lui pardonner!

Granny l'avait pourtant prévenue! Mais il était trop tard à présent... L'espace d'un éclair, elle imagina son propre cœur comme un coffre-fort à la serrure rouillée dont on a perdu la clé depuis des années... Anthony était venu, il avait essayé de le forcer... Mais à l'intérieur, au lieu du trésor qu'il cherchait, il n'avait rien trouvé... Rien du tout! Ni générosité, ni compréhension, ni confiance... Rien de ce qui fait l'essence même de l'amour. Alors, n'ayant rien à faire de ce coffre vide, il l'avait laissé tomber... Et il gisait à présent dans la poussière, béant, mais vide... Vide à tout jamais!

11

Le lendemain soir, les cinq habitants d'*Illyria*, très excités, étaient tous rassemblés dans la cuisine de Granny... C'était la première fois depuis des années – depuis ce fameux hiver où ils avaient tous attrapé la grippe asiatique – que la partie de poker du mercredi soir était annulée.

– Vous pensez qu'ils en ont encore pour long-temps? demanda John en rongeant son frein. C'est à croire qu'ils sont en train de mettre au point un traité international, ma parole!

Annie abandonna un instant ses aiguilles à trico-ter pour caresser la main de son mari d'un geste apaisant.

– Un peu de patience, mon chéri! Jane et Anthony vont bientôt avoir fini, et nous pourrons tous prendre un bon verre de sherry pour nous remettre!

– Oh la la! soupira Debbie d'un air lugubre. Quand je pense que je pourrais être ailleurs, en ce moment!

Alissa sourit d'un air résigné. Une fois de plus, Granny s'était arrangée pour tous les mobiliser, en leur faisant comprendre qu'il était de leur devoir de l'assister moralement par leur présence tandis qu'elle discutait avec Anthony du remboursement de la dette.

– Je n'ai pas envie de courir partout pour vous

trouver une fois que ce sera terminé! avait-elle dit.

Alors ils étaient tous dans la cuisine, depuis près d'une heure maintenant, à se ronger les sangs de curiosité...

Alissa, qui avait mis son plus beau pantalon en laine pour l'occasion, se sentait aussi épuisée que si elle venait de passer une nuit blanche.

– C'est quand même un peu inattendu, vous ne trouvez pas? demanda Burt en tirant sur sa pipe d'un air pensif. En tout cas, moi, je ne savais pas que c'était prévu pour ce soir... Et vous?

Tandis que les autres répondaient tous par la négative, Alissa en profita pour demander à Debbie :

– Tu as parlé d'Elaine à Granny?

– Non, mais cela ne veut pas dire qu'elle ne soit pas au courant... Elle a toujours les oreilles qui traînent, tu sais!

Alissa hocha la tête. A 4 heures de l'après-midi, Granny avait subitement annoncé qu'elle comptait régler la situation le soir même. Et Alissa avait comme l'intuition que cette décision soudaine avait quelque chose à voir avec la découverte qu'Elaine était la sœur, et non la maîtresse d'Anthony. Bien sûr, il était un peu présomptueux de prétendre suivre le cheminement toujours subtil et tortueux de la pensée de Jane Campbell – alias Persia Parnell, alias Granny –, mais Alissa commençait à la connaître!

Lorsque l'horloge sonna 8 heures, John bondit de sa chaise.

– Oh! Je ne peux plus supporter de rester assis, sans rien faire! Je vais préparer des popcorns!

Mais à peine avait-il commencé à sortir les casseroles, qu'on entendit le pas de Granny dans l'entrée. La porte s'ouvrit, et tous les regards se tournèrent avidement vers elle, cherchant à lire sur son visage le résultat des négociations... Mais Persia Parnell n'était pas comédienne pour rien! Et apparemment, elle avait décidé que le moment de la scène décisive n'était pas encore venu, car elle resta impénétrable. Elle leur demanda à tous de rejoindre Anthony dans le salon, pendant qu'elle disait deux mots à Alissa.

– Burt, tu seras gentil de servir le sherry, s'il te plaît. Cela détendra un peu l'atmosphère...

Une fois qu'ils furent tous sortis en file indienne sans piper mot, Granny vint s'asseoir en face de sa petite-fille. Alissa devait avoir l'air bien misérable, car les yeux de la vieille dame se remplirent de tendresse, tandis qu'elle saisissait les mains glacées de la jeune fille.

– Tout cela sera bientôt terminé, ma chérie! Je sais combien ces dernières semaines ont été pénibles pour toi...

Alissa, qui avait l'impression de mériter des reproches plus qu'autre chose, secoua faiblement la tête. Elle était tellement à bout de nerfs que ces paroles de réconfort furent plus qu'elle ne put supporter : les larmes jaillirent de ses yeux malgré elle...

Granny la laissa pleurer un instant. Puis, très calme, elle se mit à parler comme si elle avait tout son temps :

– Alissa, tu sais combien je vous aime, ta sœur et toi. Tu sais que je donnerais tout pour vous voir heureuses...

– Naturellement, Granny, nous le savons bien... répondit Alissa tout en se demandant ce que cette déclaration pouvait bien présager...

– Et tu sais aussi que j'ai confiance dans ton intelligence, dans ton jugement et dans ta clairvoyance... Après tout, si je t'ai choisie pour gérer ma fortune, si je t'ai désignée comme mon exécutrice testamentaire, c'est que je te fais confiance, tu ne crois pas?

– Oui, je suppose... Quoique ces derniers temps, ajouta-t-elle avec un petit sourire triste, j'ai l'impression qu'il vaut mieux ne pas trop se fier à moi... Je me suis conduite de façon tellement sotte... J'ai créé un tel gâchis...

130

– Je me doutais bien que tu allais réagir comme ça! fit Granny. Tu as fait quelques erreurs. Mais l'essentiel, c'est de savoir tirer les leçons des erreurs que l'on a commises... Ce soir, Alissa, je t'offre une chance de te rattraper...

Alissa s'essuya les yeux et se moucha bruyamment. Puis elle demanda avec un sourire sceptique :

– Qu'est-ce que tu as encore inventé?

– D'abord, je veux que tu saches une chose : quand Anthony aura remboursé sa dette – tu remarqueras que je dis « quand », et non « si » – c'est à toi que l'argent reviendra.

Elle leva la main pour couper court aux objections d'Alissa.

– Debbie ne sera pas lésée, ne t'inquiète pas, elle aura l'équivalent... Je m'en suis occupée très sérieusement, et tout a été fait de façon très équitable. Si tu veux examiner les choses en détail, tu verras que tu seras de mon avis... Mais ce n'est pas le moment. Pour l'instant, je veux seulement que tu acceptes la situation telle que je l'ai présentée. (Et elle répéta solennellement ce qu'elle venait de dire :) Tout ce qui concerne la dette d'Anthony – tout le bénéfice que l'on peut en tirer – te revient à toi, et à toi seule. Et c'est à toi de décider ce que tu veux en faire!... Alors, tu acceptes?

Alissa, méfiante, fronça les sourcils, sans comprendre où sa grand-mère voulait en venir. Dieu seul savait sur quoi pourrait déboucher sa proposition bizarre... Mais Alissa, prise de court, ne voyait pas comment refuser.

– Bon, d'accord, j'accepte! Mais...

Granny se redressa d'un air triomphant.

– Parfait! Maintenant, encore une chose, et puis nous pourrons aller retrouver les autres...

Ho! Ho! se dit Alissa. Attention au piège...

– Je veux que tu me promettes que, dès l'instant où nous entrerons dans le salon, tu feras exactement tout ce que je te dirai. Et rien d'autre.

Alissa soupira, se creusant désespérément la tête pour savoir comment répondre à cette demande inquiétante. Granny n'était quand même pas folle! Jamais elle ne lui demanderait de faire quelque chose de dangereux, ou d'illégal! Mais dès qu'il s'agissait d'Anthony, Alissa se sentait nerveuse... Et elle n'était pas d'un caractère à remettre si facilement sa volonté entre les mains de quelqu'un... Elle considéra d'un air indécis le visage attentif de sa grand-mère, en essayant d'imaginer ce qu'elle pouvait bien avoir derrière la tête...

Voyant la réticence d'Alissa, Granny lui dit fermement :

– Alissa, je n'ai pas le temps d'entrer dans les détails maintenant... Tu comprendras plus tard! Pour l'instant, je te demande de me dire tout simplement oui ou non. Et si tu m'aimes vraiment, Alissa, ajouta-t-elle d'une voix presque suppliante, tu dois avoir assez confiance en moi pour me faire cette promesse...

Alissa, qui avait déjà toutes les peines du monde à résister à sa grand-mère pour le tout-venant, aurait été bien incapable de le faire dans des circonstances que la vieille dame semblait considérer comme si importantes! Et puisque son accord était présenté comme une preuve d'amour, comment aurait-elle pu dire non?... Se jetant à l'eau, elle hocha la tête en signe d'assentiment.

Le visage illuminé d'un grand sourire, Granny la prit tendrement par les épaules.

– Je savais bien que tu en étais capable, ma petite-fille!

Lorsque Granny et Alissa pénétrèrent dans le salon, il y eut un silence de mort, et tous les visages se tournèrent aussitôt vers elle. Le temps d'un éclair, Alissa eut un faible aperçu de ce qu'un acteur devait ressentir en entrant en scène. Ses yeux allèrent droit à Anthony, assis sur le divan entre les Channing. Mais comme elle ne rencontra qu'un regard froid et distant, elle se hâta de détourner la tête. Pourtant, son esprit avait eu le temps de tout enregistrer, dans les moindres détails : le style décontracté de ses vêtements laissait supposer qu'il ne devait pas s'attendre à être convoqué ce soir. Il portait un jean qui moulait ses longues jambes musclées, et une chemise passée, vraisemblablement achetée dans un surplus de l'armée, qui contrastait avec les boots en cuir fin certainement faits à la main. Jamais il n'avait eu l'air aussi « californien »! songea Alissa. Mais comme il avait les traits tirés!

Granny s'avança avec naturel au milieu de la pièce, suivie par une Alissa intimidée. Et la vieille dame déclara :

— Nous avons décidé, Anthony et moi, de jouer cette dette au poker!

Un léger remous parcourut l'assistance, et Alissa se sentit défaillir... Ah! c'était bien Granny tout crachée!

— Si c'est moi qui gagne la partie, Anthony devra me verser un quart de million de dollars et ce, dès la première semaine de janvier. Mais si je perds, il sera quitte de sa dette! Et je lui signerai un papier en présence de vous tous! Pour commencer, celui qui tirera la carte la plus forte fera la donne; et le donneur choisira entre le poker fermé et le poker classique.

Elle s'interrompit pour adresser à John un sourire malicieux :

— Et nous sommes aussi convenus qu'il était défendu de croiser les doigts, ou de cracher pardessus son épaule gauche!

John rougit de plaisir, flatté d'être ainsi l'objet d'une attention particulière de la part de cette grande dame qu'il admirait tant... Puis Granny, en actrice consommée qu'elle était toujours, rentra de nouveau dans la peau de son personnage et reprit son air grave :

— Ai-je expliqué les choses correctement, Anthony?

Celui-ci hocha la tête tout en regardant Alissa.

– Et enfin, nous avons décidé d'un commun accord qu'Alissa jouerait en mon nom...

Un concert d'exclamations étouffées accueillit cette déclaration inattendue, et Alissa sentit ses jambes se dérober sous elle... Voilà pourquoi elle m'a obligée à faire cette promesse! songea-t-elle, prise de panique. Elle savait bien que jamais Alissa n'aurait accepté d'elle-même une pareille responsabilité! Faire d'une somme aussi fabuleuse l'enjeu d'une simple partie de poker était déjà en soi une folie, mais confier les cartes à quelqu'un qui n'avait rien à voir dans cette affaire! Alissa considéra sa grand-mère d'un air horrifié, et la vieille dame lui rendit son regard sans ciller, un léger sourire au coin des lèvres, comme pour dire : « Trop tard! Tu as promis... »

Anthony était aussi impassible que Granny, mais il y avait dans ses yeux une lueur malicieuse et... satisfaite! Serait-ce lui qui avait mis cette idée dans la tête de Granny? se demanda Alissa, subitement reprise par ses anciens soupçons...

Granny, comme si elle avait lu dans ses pensées, dit alors :

– Alissa est bien meilleure joueuse de poker que moi. Anthony a donc fait preuve d'une grande générosité en acceptant qu'elle joue à ma place – car c'est un handicap pour lui...

Granny fit asseoir les deux joueurs. Alissa ferma les yeux en adressant au ciel une courte prière et s'en remit au destin.

Sur un signe de Granny, Burt commença à battre les cartes.

– Vous êtes tous les deux des joueurs de poker, dit la vieille dame, et vous savez que la chance ne joue dans ce jeu qu'un rôle mineur. Voici les cartes que le sort vous attribue. Allez-y! Je sais que vous agirez de la manière la plus digne de vous... Quant à moi, quel que soit le résultat, j'en suis satisfaite d'avance!

Burt présenta le tas de cartes à Anthony, puis à Alissa. Anthony avait le dix de trèfle, et Alissa le cinq de pique...

– Anthony a la carte la plus forte... C'est à lui de faire la donne, et de choisir le jeu!

Alissa fut soulagée d'un grand poids. Au moins, c'était à lui de prendre la décision la plus importante... Elle leva les yeux vers lui, attendant qu'il parle...

– J'opte pour le poker classique, dit-il. Mais je passe la donne. (Et il ajouta d'un ton froid, en regardant Alissa droit dans les yeux :) Cette fois, vous ne pourrez pas mettre mon honnêteté en doute, mademoiselle Mallory! Je vous fais confiance, vous ne tricherez pas – à supposer d'ailleurs que vous sachiez vous y prendre. Mais je sais aussi que vous ne m'honorez pas de votre confiance. Vous allez donc faire la donne, comme ça il n'y aura pas le moindre doute dans votre esprit!

Alissa rougit jusqu'à la racine des cheveux, comme si elle venait de recevoir une gifle en pleine figure. Mais, consciente d'avoir mérité son mépris et même pire, elle ne répliqua pas et se contenta de considérer d'un air malheureux le tas de cartes devant elle.

– Allez, Alissa, finissons-en! dit Anthony d'une voix plus douce. Distribuez les cartes!

Elle s'empara du tas de cartes, en distribua cinq à chacun et mit le reste de côté. Et, aussi impassibles l'un que l'autre, ils examinèrent leurs jeux.

Alissa avait cinq cartes de valeur moyenne : un trèfle, un carreau et trois cœurs. Elle avait pas mal de chances de tirer un autre cœur, mais beaucoup moins d'en tirer deux, ce qui aurait fait un flush... Le mieux, dans son cas, était d'essayer de former une paire avec l'une des deux cartes les plus fortes qu'elle possédait.

Au poker fermé, comme au poker classique, il est très rare de gagner avec une combinaison extraordinaire, comme un flush, un full, ou un carré. Une simple paire de huit ou de cinq pouvait facilement l'emporter...

Observant scrupuleusement les règles du jeu, Alissa couvrit ses cartes et attendit qu'Anthony prenne une décision et annonce qu'il était prêt pour une autre donne. En toute autre circonstance, elle n'aurait pas manqué de s'étonner du calme religieux qui régnait autour d'elle : ils étaient tous si bavards, d'habitude! Mais elle était tellement absorbée par le jeu qu'elle ne se rendait plus compte de rien.

Elle lança à Anthony un regard discret à travers ses cils baissés. Et son cœur se serra à l'idée que, quelle que soit l'issue de cette partie, c'était sans doute la dernière fois qu'elle voyait ce beau visage grave... Jamais plus elle ne le verrait illuminé par la joie, ou transfiguré par la tendresse...

Mais si les tourments qu'elle endurait étaient pénibles, ce devait être encore mille fois pire pour lui! S'il perdait, il aurait à payer une énorme dette dont il n'était même pas personnellement responsable... Et ce serait peut-être fatal à son affaire! Car, à présent, Alissa était sûre que, s'il perdait, il paierait. Elle n'avait plus le moindre doute à ce sujet. Et il aurait payé, même sans cette partie de poker grotesque, dont elle ne comprenait toujours pas l'objet... Peut-être qu'au fond d'elle-même, elle avait toujours su qu'il était honnête, malgré tous les efforts qu'elle avait déployés pour se prouver le contraire...

Et si elle avait douté de lui, c'était uniquement à cause de son maudit orgueil! C'était l'orgueil qui lui avait fait prononcer ces paroles insultantes que jamais elle ne pourrait se pardonner! Comment avait-elle pu renoncer sciemment à la seule chose importante qui soit au monde? Pour avoir lâchement refusé d'ouvrir son cœur à la vie et à l'amour, elle avait perdu toute chance d'être un jour aimée par Anthony. Et elle ne l'avait pas volé!

Dans son désespoir, elle se dit qu'elle serait prête

à faire n'importe quoi pour réparer ce qu'elle avait fait, pour effacer les paroles qu'elle avait prononcées... Si seulement il y avait un moyen... Oh! elle n'allait pas jusqu'à espérer pouvoir un jour regagner son estime – si tant est qu'il l'ait jamais estimée. Elle savait bien que c'était impossible... Le moindre de ses regards, le moindre de ses gestes lui prouvaient qu'il la méprisait et qu'il la mépriserait toujours... Mais si elle pouvait se dire qu'elle s'était conduite correctement, honnêtement, elle aussi... Même si c'était trop tard. Au moins, elle pourrait se regarder dans la glace sans dégoût!

Elle songea au petit poème d'Emily Dickinson, si terrible et si vrai...

On dit que les mots meurent
Une fois qu'on les prononce...
Mais moi, je dis que c'est seulement alors
Qu'ils commencent à vivre...

Alissa savait que les paroles qu'elle avait prononcées resteraient toujours vivantes, et se dresseraient entre eux comme un mur infranchissable, jusqu'à la fin des temps...

La voix d'Anthony fit brusquement sursauter tout le monde.

– Trois cartes! demanda-t-il d'un ton sec en jetant sur la table les trois cartes qu'il voulait changer.

Alissa se dit qu'il devait essayer de constituer une paire, comme elle, ou bien de faire une suite avec une paire qu'il avait déjà...

Une fois qu'ils furent tous les deux servis, la tension qui régnait dans la pièce atteignit à son comble. Tous attendaient avec angoisse l'issue de cette partie qui promettait de devenir fameuse dans les annales de Carmel!

Alissa détailla avec horreur les cartes qu'elle avait en main. Son cœur battait à grands coups, et son esprit se mit à chercher frénétiquement le moyen de sortir d'une situation affreuse...

Paniquée, elle leva les yeux vers Anthony, mais

son visage impassible ne lui fut d'aucune aide. Il gardait le masque impénétrable du joueur de poker.

Et brusquement la lumière se fit dans l'esprit d'Alissa... Elle songea aux paroles de Granny, et tout devint d'une clarté aveuglante : à présent, elle savait ce qu'elle avait à faire...

– Prête? demanda Anthony.

Elle hocha la tête, et il étala ses cartes : une paire d'as, un joker, et deux cartes sans intérêt.

Tous les visages se tournèrent alors vers Alissa. Elle cligna des yeux, haussa les épaules et posa son jeu sans le découvrir.

– Je ne peux rien contre une paire d'as. Vous avez gagné, monsieur Madigan!

Il y eut une véritable explosion de soupirs et de chuchotements. Mais le visage d'Anthony n'exprimait pas la moindre émotion. Il se leva d'un air guindé et se dirigea vers Granny, qui trônait comme une reine droite comme un i dans sa robe bleu nuit, son beau visage auréolé de cheveux blancs.

Anthony baisa la main de la vieille dame en s'inclinant légèrement.

– Sommes-nous quittes, madame?

– Oui, nous sommes quittes, mon garçon! Donnez-moi votre papier!

Anthony lui tendit un vieux papier tout jauni. Granny le posa sur ses genoux et le lissa d'un geste tendre, les yeux remplis de larmes.

– Donnez-moi quelque chose pour m'appuyer! fit-elle.

John se hâta de lui apporter un magazine qui traînait sur la table. Granny écrivit de sa belle main : *Payé*, data et signa, puis rendit le papier à Anthony.

– J'espère que vous voudrez bien accorder une dernière faveur à une vieille dame un peu sentimentale... Et que vous me permettrez de conserver mon double de la reconnaissance de dette... En souvenir de votre grand-père!

138

Etait-ce des larmes qu'Alissa vit briller dans les yeux d'Anthony tandis qu'il se détournait en mettant le papier dans sa poche? Ou bien était-ce celles qu'elle avait dans ses yeux qui lui brouillaient la vue?

Anthony s'éclaircit la voix et dit d'une voix sourde :

– Eh bien, je vais vous laisser à présent... J'espère que vous voudrez bien me croire si je vous dis qu'en dépit de quelques instants un peu pénibles, je n'aurais voulu manquer cette partie pour rien au monde! Et le plaisir de vous connaître tous aurait bien valu un quart de million de dollars, et même davantage!

John le raccompagna jusqu'à la porte, et il partit sans jeter un regard en arrière. Tout le monde se sentait triste et abattu... Il y avait dans l'air comme une odeur de défaite... Alissa savait que si elle ouvrait la bouche pour parler, elle se mettrait à pleurer... Finalement, Granny se leva et alla vers la table. D'un geste vif, elle étala les cartes d'Alissa.

John s'approcha subrepticement pour regarder, suivi par Debbie, Annie et enfin, Burt. John fut le premier à retrouver sa voix. Il fit avec ahurissement :

– Mais..., Jane! Regardez!... Alissa avait un flush de cœur!

Il leva la tête, abasourdi.

– Vous vous rendez compte qu'elle vous coûte un quart de million de dollars! Elle a fait exprès de perdre!

Granny tapota l'épaule de John et sourit à Alissa d'un air complice :

– Ne t'inquiète pas... Alissa n'a pas vraiment perdu la partie...

Il était maintenant 10 heures du soir, et la grande maison était plongée dans un paisible silence. Alissa, qui savait qu'elle ne pourrait pas dormir de la nuit, était allongée sur son lit, toute habillée. Lorsqu'elle entendit frapper à la porte, elle crut que c'était sa sœur... Mais c'était Granny, qui tenait à la main une vieille boîte russe qu'elle gardait d'habitude sur sa coiffeuse, dans sa chambre. Combien de fois Debbie et Alissa n'avaient-elles pas entendu l'histoire romanesque de ce prince russe qui avait fui la Révolution en emportant en tout et pour tout trois diamants et quelques objets d'art, dont cette boîte, qu'il avait offerte à Granny en souvenir de leur liaison brève, mais passionnée?

– Tu ne dors pas? demanda doucement Alissa.

– Je pourrais te poser la même question... Mais je connais la réponse! Tu te demandes si tu as bien fait, n'est-ce pas? demanda Granny en lui caressant les cheveux.

Alissa soupira et secoua la tête.

– Non, je crois que j'ai fait ce que je devais faire, Granny. Je sais en tout cas que j'ai accompli ta volonté... Mais je ne comprends toujours pas... Pourquoi cette comédie? Moi, j'ai douté de lui. Mais toi, tu étais sûre qu'il paierait...

Sur ce, à bout de nerfs, elle fondit en larmes.

– Je voudrais savoir pourquoi nous avons dû jouer cette partie idiote?

– C'est justement pour ça que je suis venue te voir! dit vivement Granny.

Elle ouvrit la boîte, dont elle déversa le contenu pêle-mêle sur le lit d'Alissa : des boucles d'oreilles dépareillées, des boutons de roses séchés, des cartes de visite jaunies... Tous les souvenirs d'un passé tumultueux, et d'une vie remplie de passion et de drames. Parmi ces objets attendrissants, il y avait un paquet d'enveloppes liées par un ruban de satin.

– Vas-y! Ouvre! dit Granny.

Les papiers tombèrent sur la couverture avec un doux froissement, et Alissa les considéra avec curiosité, en les effleurant du bout du doigt.

– Voilà! C'est celui-là! dit Granny en en retirant un du tas. Ils se ressemblent tous tellement!

C'était le double de la reconnaissance de dette.

Tout en l'examinant, Alissa vit qu'il avait l'air parfaitement valide. Tout semblait correct. Puis elle remarqua un billet de couleur vive – un de ces billets de dix mille dollars dont on se sert dans les jeux de société quand on ne joue pas pour de vrai – épinglé à un coin du papier. Et sous la signature d'Edward Madigan, elle lut ces mots griffonnés à la hâte :

A mon ange, Persia! Un acompte... Malheureux au jeu, mais heureux en amour... Et toujours gagnant, tant que ton cœur m'appartiendra! A toi pour toujours... Edward.

Ces mots étaient d'une tendresse si exquise qu'ils avaient conservé tout leur pouvoir, même au bout de cinquante ans. Alissa murmura d'une voix étranglée :

– Alors, il n'y avait pas de dette, ce n'était qu'une plaisanterie! Juste un souvenir... Comme tout ça! ajouta-t-elle en promenant sa main parmi les papiers.

– Oui, exactement! dit Granny. Je n'aurais jamais cru que lui aussi, il le garderait... Ni qu'un jour on le retrouverait... Et que cela donnerait lieu à de tels quiproquos!

– Mais..., Granny! Pourquoi ne l'as-tu pas dit à Anthony? Pourquoi lui as-tu fait subir la torture de cette partie de poker, alors que tu savais qu'il ne te devait rien du tout!

Jane Campbell s'écria avec une indignation où perçait quand même un certain embarras :

– C'est autant votre faute, à toi et à lui, que la mienne!... Vois-tu, tout cela s'est fait tout seul, pour ainsi dire... Je ne t'avais pas menti quand je t'ai dit que j'avais complètement oublié ce papier. Enfin, au début... Si Anthony m'en avait parlé tout de suite, je lui aurais avoué la vérité! Mais quand il l'a enfin mentionné, vous étiez déjà engagés dans des relations tumultueuses, tous les deux... Et je me suis dit que... je pourrais utiliser ça pour arranger les choses!

– Arranger les choses? Et comment, s'il te plaît?

– Alissa, tu sais bien que si je lui avais avoué que cette histoire de dette était une plaisanterie... après toutes les accusations que tu avais portées contre lui, il ne m'aurait pas crue! Il aurait pensé que je me sacrifiais à cause de toi! Et il aurait pris cela très mal! Alors j'ai pensé que... Enfin, j'ai fait une sorte de compromis en lui proposant de jouer la dette au poker! Je me suis dit que cela résoudrait tout!

Contrariée de voir qu'Alissa n'avait pas l'air très convaincue, elle s'écria :

– Mais tu ne comprends donc pas! S'il avait gagné, je veux dire, réellement gagné, il aurait sauvé à la fois la face et l'honneur! Juste comme il l'a fait maintenant... Et s'il avait perdu, si tu avais montré ton jeu – mais j'étais sûre que tu ne le ferais pas – eh bien, je lui aurais avoué la vérité! Bien sûr, là, je courais quand même un risque, bien que j'aie fait de mon mieux pour que, surtout, tu ne te sentes pas responsable d'une somme qui m'appartenait. Il est vrai que si tu n'avais pas agi comme tu l'as fait, il y aurait certainement eu une scène très pénible, quand il aurait fallu lui avouer ce que nous avons fait...

– Ce que *nous* avons fait?

– Bon, bon! Ce que j'ai fait! Mais tu vois comme tout s'est bien terminé, en fin de compte!

Alissa sourit tristement.

– Granny! Il me déteste! Jamais il ne me pardonnera les horreurs que je lui ai dites... Et je ne l'en blâme pas!

– Mais si..., dit Granny d'une petite voix désolée. Il te pardonnera peut-être un jour, Alissa... Quand les choses se seront un peu tassées...

Alissa secoua la tête.

– Oh, Granny! J'espère que cela te servira de leçon! Et que tu n'essaieras plus à l'avenir de te mêler des affaires des autres! sermonna-t-elle gentiment. La seule chose qui ait bien tourné, dans l'histoire, c'est que, Dieu merci, il ne se doute pas qu'il s'est fait avoir! Tu dis qu'il l'aurait mal pris avant... Mais imagine un peu ce que ce serait maintenant! Il exploserait, littéralement!

Préoccupée, Granny murmura sur un ton de conspirateur :

– Faisons un pacte, Alissa... Si tu me jures de ne jamais dire à personne ce que nous... ce que j'ai fait, je te donne ma parole de ne plus jamais me mêler des affaires des autres... Même des tiennes, ma chérie!

12

Quelques jours avant Noël, Debbie et Alissa furent invitées à une soirée d'adieu donnée par Minnie Wanamaker, qui se préparait à déménager, accompagnée de ses esprits familiers, dans ce temple du bizarre qu'est la ville de Los Angeles.

Minnie avait revêtu pour l'occasion une salopette dont la couleur mauve offrait un contraste assez inattendu avec la teinte cuivrée de ses cheveux passés au henné. Et, pour se mettre dans l'ambiance de Noël, elle avait accroché sur sa poitrine un petit Père Noël en chiffon, avec une longue barbe de coton...

Lorsqu'Alissa avait appris qu'Elaine serait présente, elle avait failli refuser, craignant de se retrouver dans une situation un peu délicate. Mais elle fut vite rassurée : non seulement Elaine possédait le rare talent de se sentir à l'aise n'importe où, mais en plus, on aurait dit qu'elle se mettait particulièrement en frais pour Alissa. Elle lui fit des compliments sur sa nouvelle robe bleue, lui demanda des conseils sur les coiffeurs de Carmel et sur une foule de petits détails dont elle aurait tout aussi bien pu discuter avec Pamela. D'autant plus que toutes deux avaient l'air d'être déjà très bonnes amies.

Pendant le repas, Pamela incita Elaine à raconter à Minnie les circonstances dans lesquelles elle avait décidé de venir s'installer en Californie. Mais Minnie ne parut pas trouver cette histoire particulièrement drôle, ni particulièrement tragique non plus, d'ailleurs! Elle se contenta de déclarer en hochant la tête d'un air entendu :

– Cette fille a agi comme il le fallait... Apparemment, elle a senti que votre frère n'était pas fait pour elle, et qu'il était destiné à une autre femme...

Puis, les yeux perdus dans le vague, elle ajouta :

– Bien sûr, votre mari et elle ne sont pas amoureux l'un de l'autre. Mais il est bon pour eux de cheminer quelque temps côte à côte, avant de rencontrer l'âme sœur.

Sur quoi, Minnie se leva de table pour aller chercher le dessert. Les quatre jeunes femmes échangèrent à la dérobée des regards complices, à la fois sceptiques, amusés et songeurs...

– Le plus étrange, fit remarquer Alissa, c'est qu'elle ne se trompe jamais, vous savez...

Minnie revint avec une superbe tarte couverte de crème Chantilly, qu'elle plaça au milieu de la table, et poursuivit :

– L'amie de votre frère est une femme d'une grande sensibilité, Elaine... Il y a des femmes qui ont assez d'intuition pour comprendre, pour sentir si un homme les aime vraiment. Il y en a d'autres, en revanche, qui auraient besoin qu'on leur rentre les choses dans la tête à coups de bâton!

Minnie se pencha pour couper la tarte, et Alissa jeta un coup d'œil aux autres...Mais quelle ne fut pas sa surprise en voyant... en voyant que tous les regards étaient tournés vers elle!

Cette année, les fêtes de Noël se déroulèrent dans une atmosphère un peu spéciale, à *Illyria*. Les parents d'Alissa et de Debbie avaient téléphoné de Gstaad pour leur souhaiter un joyeux Noël, et leur annoncer qu'ils devaient rentrer d'urgence à la base et ne pourraient, hélas! pas venir fêter les Rois... Alissa remarqua, non sans émotion, qu'à la suite de ce coup de téléphone tout le monde redoubla d'attentions pour Debbie et elle, comme pour les consoler de leur déception...

Tout se passa selon les traditions : la maison avait été décorée de gui et de houx, comme d'habitude. Et le punch du Réveillon fut aussi corsé que les autres années. Les enfants du voisinage chantèrent des cantiques sous leurs fenêtres, de leurs voix fraîches et claires qui montaient dans l'air pur de la nuit... Sur l'argent de la commission reçue pour la vente de la maison de Minnie, Debbie avait acheté à Alissa un abonnement pour deux personnes à l'Opéra de San Francisco. Mais en dépit de tout cela, il y avait quelque chose qui n'allait pas... Comme une tristesse qui planait sur la grande maison. Et tout le monde formait des vœux pour que la nouvelle année mette un peu de baume sur le cœur brisé de la pauvre Alissa...

Le seul événement heureux de cette période, ce fut la réconciliation de Sam et de Marianne. Sam appela Alissa peu avant Noël pour lui annoncer la nouvelle, mais elle n'apprit tous les détails de l'histoire qu'une semaine plus tard, lorsqu'elle rencontra Marianne par hasard en revenant de la poste.

La jeune femme la raccompagna à pied jusqu'à son bureau tout en bavardant.

— Oh, Alissa! Tu ne peux pas savoir comme je suis heureuse d'être rentrée! Cette année, j'aurai passé un vrai Noël! Le plus beau de ma vie!

Cette voix joyeuse et ce visage rayonnant de bonheur réchauffèrent un peu le cœur d'Alissa. Qu'il était doux de savoir qu'il y avait ici-bas des gens assez sensés pour faire quelques sacrifices afin de sauvegarder un amour que les trépidations de la vie moderne mettaient en péril à chaque instant! Lorsqu'elles arrivèrent devant l'agence, Alissa invita Marianne à entrer prendre une tasse de café.

— Oh! merci, Alissa, mais c'est impossible! Sam et moi filons à Tahoe pour quelques jours, et il faut que je rentre faire les bagages... (Et elle ajouta avec un sourire complice :) Rien que nous deux...

Eclatant de rire pour la première fois depuis des semaines, Alissa demanda :

– Vous serez rentrés à Carmel pour le jour des Rois?

– Naturellement! Personne dans la ville ne voudrait manquer ça! (Et elle cria en s'éloignant :) Je te rapporterai une boule de neige de Tahoe!

Alissa entra dans son bureau, s'assit à sa table et considéra d'un air pensif, sur le mur, la place désormais vide où se trouvait encore quelques jours auparavant la photo de la maison de Minnie. Que de péripéties depuis le jour où Anthony Madigan était entré dans ce bureau pour acheter une maison! Et comme tout s'était mal terminé, sauf pour Minnie!

La réflexion que Minnie avait faite au cours du repas sur les âmes sœurs lui revint alors à l'esprit. L'âme sœur! N'était-ce pas exactement cela qu'elle avait reconnu en Anthony Madigan, la première fois qu'elle l'avait vu? Ou plutôt, que la partie saine et clairvoyante d'elle-même avait reconnu... Car elle avait ensuite écouté l'autre partie d'elle-même, celle qui était devenue aveugle, lâche, hargneuse, tout cela à cause d'une blessure ancienne, qui ne lui semblait plus qu'une vulgaire égratignure, à côté de la souffrance qu'elle avait endurée depuis... Si seulement elle avait eu un peu plus de courage, et un peu de cette « sensibilité » dont avait parlé Minnie, elle aurait compris que quelque chose d'aussi précieux, d'aussi rare que le véritable amour vaut bien la peine de prendre quelques risques...

La sonnerie du téléphone la tira de ses sombres pensées : c'était le directeur de la banque où elle avait son compte personnel. Il semblait dans tous ses états.

– Alissa, il nous arrive quelque chose d'incroyable! Quelqu'un a déposé sur votre compte deux cent cinquante mille dollars! Savez-vous qui cela peut être?

– Oui, j'en ai bien peur..., répondit Alissa stupéfaite.

– Ah! vous étiez au courant... J'avais pensé que vous ne le saviez peut-être pas... Je veux dire, on les a déposés sur le petit compte que vous avez en commun avec Jane. C'est un compte courant, Alissa, ajouta-t-il, manifestement horrifié à l'idée qu'une telle somme puisse rester ne serait-ce qu'un seul jour sans rapporter des intérêts. C'était un chèque sur une banque de New York, poursuivit-il, et signé par le comptable d'une société du nom de Madigan-Stanley...

– Est-ce que ma grand-mère est au courant?

– Oui, je l'ai appelée la première, car le chèque était libellé à son nom. (Il fit une pause, et ajouta :) Mais peut-être préférera-t-elle vous l'annoncer elle-même... C'est-à-dire... Elle ne m'a pas vraiment dit de ne pas vous en parler, mais c'est l'impression que j'ai eue... Malgré tout, j'ai pensé qu'il valait mieux que vous soyez au courant... J'espère que je n'ai pas commis d'impair?

– Oh non! Vous avez très bien fait! répondit Alissa en riant.

Une fois qu'elle eut raccroché, elle songea brusquement qu'il allait falloir tout avouer à Anthony... Et elle frémit, imaginant sa réaction. Eh bien, se dit-elle, résignée, la situation ne peut pas être pire que maintenant, de toute façon! Autant en finir une bonne fois pour toutes!

– Il faut lui dire la vérité! répéta Alissa avec fermeté.

– Alissa! protesta Granny d'une voix suppliante. Alissa! Tu m'avais promis...

La grande maison était déserte en cette fin d'après-midi, et elles étaient toutes les deux dans la cuisine. Alissa avait du mal à se faire à cette situation nouvelle : pour une fois, c'était elle qui donnait des directives!

– Bon, eh bien, explique-moi comment tu comptes t'y prendre pour lui rendre l'argent, alors?

Granny haussa les épaules. Cela faisait une heure qu'elles discutaient cette question sans parvenir à trouver de solution. Et, au fond d'elle-même, Alissa se disait qu'il fallait absolument qu'Anthony sache la vérité! Même si elle craignait les foudres de sa colère tout autant que sa grand-mère...

La vieille dame finit par pousser un profond soupir, et secoua la tête.

– Je n'arrive pas à trouver quelque chose pour l'instant! Donne-moi un peu de temps pour réfléchir!

Alissa la considéra d'un air méfiant. Elle savait qu'il aurait mieux valu ne pas laisser traîner cette histoire plus longtemps, mais elle en avait tellement assez de cette discussion! Et puis, d'ailleurs, qui sait? Granny avait une telle imagination qu'elle arriverait peut-être à inventer quelque chose...

– Bon, d'accord! acquiesça la jeune fille de mauvaise grâce. Je te donne une semaine, pas plus! Et si tu ne lui as pas tout avoué d'ici là, c'est moi qui le ferai!

– Je t'en prie! Pas de menaces..., fit Granny d'un air penaud.

– Ce n'est pas une menace, et tu le sais très bien! C'est seulement un avertissement! ajouta Alissa, surprise de se découvrir une telle autorité.

Bien des années auparavant, les paroissiens de l'église épiscopale avaient inauguré la coutume de célébrer la fête des Rois sur la plage de Carmel, avec la participation de tous les villageois.

Cette année-là, comme tous les ans le soir de l'Epiphanie, les habitants d'*Illyria* se mirent en route à la tombée du jour pour se rendre à la plage. Ceux qui vivaient trop loin venaient en voiture, avec leur sapin sur le toit, mais les autres, comme Alissa et sa famille, y allaient à pied, traînant leur arbre derrière eux. Il régnait toujours ce soir-là, à Carmel, une atmosphère très particulière, à la fois joyeuse et chaleureuse. Tout le monde attendait avec impatience le grand feu de joie, et le souper chaud qui devait être servi ensuite à l'église.

Lorsqu'ils arrivèrent à la plage, les sapins s'amon-

celaient déjà en un tas énorme, et les gens, chaude-
ment vêtus, se promenaient tout autour en petits
groupes, tandis que les enfants couraient en tous
sens, riant et jouant dans les vagues phosphorescen-
tes dont l'écume luisait dans la nuit.

Il faisait déjà sombre lorsqu'on se mit à chanter
des cantiques. Alissa éprouvait toujours une étrange
et délicieuse émotion en écoutant monter autour
d'elle, dans l'air froid de la nuit, toutes ces voix
aimées : les sopranos au timbre clair de Debbie et
d'Annie, l'alto un peu tremblant de Granny, le ténor
nasillard de John, et le robuste baryton de Burt...
Et, sur le côté, la magnifique voix d'un inconnu, à la
fois riche et profonde...

Le prêtre entama ensuite les actions de grâces
pour l'année écoulée, et les bénédictions pour l'année nouvelle. Puis, ces préambules terminés, un
murmure d'impatience s'éleva parmi la foule... Celui
qui avait pour mission d'allumer le gigantesque feu
s'avança... On donna le signal, on lança la torche...
Et dans une explosion de lumière, les ténèbres s'em-
brasèrent! La foule poussa un cri d'émerveillement
et tout le monde recula pour se mettre hors de portée des étincelles qui volaient de tous côtés. Le feu
qui craquait et rugissait comme un être vivant se
mit à dévorer à toute allure le tas de sapins secs.

Alissa contemplait, fascinée, ce spectacle grandiose... Elle sursauta en sentant deux bras l'enlacer par
derrière... Tout contre son oreille, une voix qu'elle
avait cru ne plus jamais entendre murmura :

– Bonsoir, mademoiselle la Californienne!

Faisant volte-face, elle vit le visage d'Anthony, à la
lueur des flammes... Son cœur bondit de joie.

– Que... que faites-vous ici? demanda-t-elle dans
un souffle.

– J'habite Carmel, moi aussi... Au cas où vous
l'auriez oublié!

– Ah, oui, c'est vrai! balbutia-t-elle.

– Toujours aussi tête en l'air, à ce que je vois!
Alors rien n'a changé...

Etait-ce une question? Ou bien avait-elle seulement imaginé, dans son ardent désir, que c'en était une?

Et brusquement, elle songea qu'en effet, quelque chose avait changé... Et Granny n'avait pas encore dit la vérité à Anthony, sinon il ne serait pas là, auprès d'elle, en train de lui sourire... Mais d'ailleurs, pourquoi était-il là? S'arrachant doucement à son étreinte, elle prit une profonde inspiration, bien décidée à parler...

– Si, quelque chose a changé... Je sais à présent que j'avais tort de vous accuser de vouloir faire pression sur Granny...

Tout en riant, il mit son bras autour de ses épaules et l'entraîna un peu à l'écart. Puis il lui dit d'une voix tendre :

– Cela n'a plus aucune importance, maintenant! Vous aviez vos raisons, même si elles étaient un peu absurdes. Mais tout de même! Vouloir faire pression sur votre grand-mère! Quelle idée! Autant essayer de faire dévier un cyclone de sa route!

Il sortit de sa poche une enveloppe portant l'écriture de Granny et la tendit à Alissa. A la lueur dansante des flammes, elle vit... cinq cartes! Cinq cœurs... Le jeu qu'elle avait ce soir-là! Elle les regarda un instant sans savoir quoi dire, puis marmonna :

– Elle m'avait pourtant promis qu'elle ne se mêlerait plus de mes affaires!

Anthony éclata de rire.

– Oui, c'est ce qu'elle m'a dit quand elle m'a appelé, tout à l'heure... Mais elle a ajouté que sa promesse ne tenait plus, puisqu'elle avait été forcée de me dire la vérité au sujet de la dette!

Alors il savait! se dit Alissa avec horreur. Mais... Pourquoi était-il si calme? Afin de prévenir l'explosion de colère qui n'allait sans doute pas tarder à éclater, elle se hâta de dire :

– Vous ne pouvez pas savoir comme je suis contente que vous sachiez enfin la vérité! Si... si j'avais été au courant, jamais je ne l'aurais laissée vous entraîner dans cette partie de poker...

Mais elle fronça subitement les sourcils :

– Anthony, vous aviez gagné la partie, et vous ne saviez pas que la dette était une plaisanterie... Alors, pourquoi avez-vous quand même déposé l'argent sur le compte de Granny?

Tout en la prenant dans ses bras, comme si c'était la chose la plus naturelle du monde, il lui dit :

– Non, la question, c'est de savoir comment j'ai bien pu me laisser convaincre de faire cette ridicule partie de poker! Quand j'y pense maintenant, je n'arrive pas à comprendre comment elle s'y est prise pour me faire accepter... Elle était parvenue à me persuader, par je ne sais quel raisonnement tortueux, que c'était le seul moyen de vous prouver que mes intentions étaient honnêtes... Et je voulais tellement vous démontrer que je n'étais pas ce que vous croyiez, que... que j'ai accepté!... Mais plus tard, avec un peu de recul, je me suis dit que le fait d'avoir gagné ce jeu ne prouvait rien du tout. Si j'avais perdu, et payé, là, oui! Cela aurait prouvé quelque chose. Mais – il sourit –, je vois maintenant que je n'aurais pas pu perdre... Enfin! Toujours est-il que j'ai pensé que le meilleur moyen de vous prouver ma bonne foi était de payer, tout simplement!

Il avait voulu désespérément lui prouver sa sincérité! Avant qu'elle ait eu le temps de réagir, un énorme bruit les fit sursauter : le tas d'arbres incandescents venait de s'écrouler dans une pluie d'étincelles. La foule poussa des hurlements de joie, et Alissa entendit la voix de John crier :

– Tu as vu ça, Alissa?

Puis il la chercha des yeux et, ne la voyant pas, se mit à appeler :

– Alissa! Alissa!

Elle allait répondre, mais Anthony mit son doigt sur ses lèvres.

– Non! Attendez! Regardez bien...

Et, serrés l'un contre l'autre, ils virent Granny

pousser John du coude, et montrer du doigt l'endroit où ils se trouvaient. Puis elle l'obligea à leur tourner le dos. Ils la virent ensuite scruter les ténèbres, leur faire un petite signe de la main, et leur tourner résolument le dos, elle aussi.

Alors Anthony lui dit, d'une voix si chaude, si brûlante, qu'elle en frémit de bonheur :

– Vous voyez? Granny tient sa promesse de ne plus se mêler de vos affaires...

Ils éclatèrent ensemble d'un rire joyeux. Puis il se pencha vers elle... Et il l'embrassa comme jamais elle ne l'avait été! L'amour qu'elle éprouvait pour lui était si total, si violent, qu'elle avait l'impression d'être devenue une flamme, qui ne brûlait que pour lui, et pour lui seul! Elle se dit que ce jour était le plus beau de sa vie, et que cet instant, ce seul et unique instant, la payait de tous les tourments qu'elle avait pu endurer à cause de lui...

Lorsqu'il abandonna ses lèvres, elle s'accrocha à lui avec passion.

– Pardonnez-moi, Anthony! Je me suis conduite comme une sotte! Vous auriez toutes les raisons de me haïr, après ce que je vous ai dit...

Il lui prit le menton d'un geste infiniment tendre et plongea ses yeux dans les siens.

– Vous haïr? Vous? Savez-vous que vous êtes la seule femme que je connaisse qui soit capable de jeter 250 000 dollars par la fenêtre, uniquement pour mes beaux yeux? Les femmes que j'ai connues jusqu'ici étaient plutôt du genre à m'abandonner pour une rivière de diamants, ou pour des rêves de gloire à Hollywood... Mais vous... Je sais bien que l'amour ne s'achète pas, mais s'il s'achetait, alors vous auriez déjà payé plus que le prix... Avec votre générosité, votre loyauté, votre confiance, et votre amour...

– Anthony! fit Alissa en frissonnant. Je ne mérite pas tous ces compliments... Oh, non! Je ne les mérite pas! Ce que j'ai sacrifié ne m'appartenait pas, ce n'était pas quelque chose de réel...

– Oh si! dit-il avec fermeté. Puisque vous y croyiez...

Il caressa ses cheveux avec tendresse.

– J'ai bien essayé de vous résister, vous savez! dit-il en promenant ses lèvres sur son front, avant d'enfouir son visage dans ses cheveux. Mais c'était impossible! Depuis l'instant où je vous ai vue, j'ai su que c'était vous que j'aimais, que j'aimerais jusqu'à la fin de mes jours... Et je le savais, même quand je faisais tout pour vous blesser, afin de mieux vous résister!

– Oh, Anthony! C'était... C'était la même chose pour moi! Mais je ne pouvais pas savoir... Vous étiez tellement furieux, le soir de *Thanksgiving!*

– Je sais, chérie! Je me suis conduit comme un triple idiot, ce soir-là! J'avais été si méchant avec vous la veille, que j'ai pensé que vous vouliez vous venger en vous arrangeant pour me ridiculiser devant votre famille...

– Vous... Vous comprenez à présent comment j'ai pu oublier? demanda-t-elle timidement.

Il la serra contre son cœur en murmurant :

– Oui, mon amour, je comprends... Maintenant que je sais que vous étiez aussi bouleversée que moi ce jour-là... Et puisque l'amour a pu me faire perdre la tête, je comprends qu'il ait pu vous faire perdre la mémoire pendant quelques instants...

Des larmes de soulagement et de bonheur montèrent aux yeux d'Alissa. L'avenir, qui lui semblait si sombre quelques heures auparavant, était à présent débordant de promesses... Il lui avait pardonné! Il avait même dit... qu'il... qu'il l'aimait! Elle manquait peut-être de sensibilité, mais cette fois, elle avait compris!

– Vous vous souvenez de ce jour-là, sur la Tour? lui murmura-t-il au creux de l'oreille.

Oh, oui! « Par un beau jour de novembre... » Et elle hocha la tête sans rien dire, tandis que leurs lèvres se rejoignaient une fois de plus. Puis il la serra contre lui, comme s'il voulait ne faire qu'un avec elle... Alissa voyait, par-dessus son épaule, le rougeoiement magnifique du brasier. La lueur était à présent si vive qu'on y voyait comme en plein jour.

– Regardez, Anthony! Regardez le feu...

– On dirait que la plage est en feu... Cette fois, c'est vraiment le Destin! Vous n'avez plus le choix : il va falloir que vous m'épousiez!

Elle sourit timidement... Etait-il sérieux? Une demande en mariage... Si vite!

– Je me souviens que vous avez dit... que vous ne vous décideriez à vous marier que le jour où la plage de Carmel serait dévorée par les flammes. Mais Anthony!... C'était... Vous... Vous voulez réellement m'épouser?

– Bien sûr! Je ne pense qu'à ça depuis le jour où je vous ai rencontrée, mon amour adoré, mon indomptable Californienne! Faudra-t-il donc que je vous l'enfonce dans la tête à coups de bâton?

– Oui... Oui, sans doute!

Et, pour la première fois, elle osa lever la main pour caresser son visage... Elle l'embrassa sur les lèvres...

> *Par un beau jour de novembre*
> *Une vague immense surgit de l'océan*
> *Et telle une montagne de lumière*
> *Déferla sur l'Ouest...*

Alors, comme pour sceller les promesses de bonheur que l'avenir leur offrait enfin, il déposa sur ses lèvres un long baiser plein de tendresse et de passion. Et ils restèrent longtemps enlacés, debout, face à l'océan, sur l'immense plage de sable blanc, battue par les grands vents venus de la mer...

29

DONNA VITEK

L'amour ressuscité

Petite provinciale égarée à Atlanta, Lucy
a rencontré par miracle un vieillard,
aussi riche que charmant. Il l'invite
dans sa propriété pour écrire avec lui
l'histoire de sa famille.

Sa famille, c'est d'abord Jonathan
et Felicity, dont les amours scandaleuses
ont défrayé la chronique vers 1840.
Mais c'est aussi son neveu David...
Célibataire cynique et endurci,
aussi beau et séduisant que Jonathan
à qui il ressemble de façon frappante,
il ne quitte pas Lucy des yeux,
de ses admirables yeux verts, mystérieux
et impénétrables. Il a quelques raisons
de se méfier d'elle...

Lucy, le cœur battant, contemple
le grand portrait de Felicity suspendu
dans le salon. Va-t-elle revivre aujourd'hui
sa terrible histoire?

ANNE HAMPSON

Un cœur de pierre

A Athènes, alors qu'elle rentre
tranquillement chez elle, Audrey
est brutalement kidnappée.

Par le hublot du bateau, elle aperçoit
une petite rade entourée de pins parasols...
une villa aux volets bleus...
des rosiers grimpants, une fontaine...

Et dans la maison, un homme aux yeux
noirs fulgurants l'attend, un homme qui
lui rappelle les statues de ses ancêtres grecs,
une statue vivante et terrible.
Nikos ! Le démon, le païen
dont lui a parlé sa sœur... Il lève
le regard sur elle...

– Dieu du ciel! Mais qui êtes-vous?

Enlevée par erreur, Audrey sait déjà
qu'elle ne demande qu'à rester
sa prisonnière...

FRAN WILSON

Tourbillon d'amour

Lesley est restée seule au monde.
Son frère Allan, qu'elle aimait tant,
vient de mourir. Elle décide de se rendre
dans le Montana où Peter Merrick,
le meilleur ami d'Allan, est prêt
à l'accueillir et à remplacer ce frère
qu'elle a perdu.

Peter Merrick, elle le connaît
depuis toujours. Mais là, chez lui,
à la tête de son exploitation minière,
à cheval dans son ranch, il lui apparaît
tout à coup sous un autre jour...

Est-ce bien un refuge qu'il lui offre?
Le baiser qu'il lui a donné sous les sapins
n'avait rien d'une innocente caresse.
Les montagnes en sont témoins!

Non, décidément, ce n'est pas un frère
qu'elle a trouvé en Peter Merrick...

Mars
25 EDITH ST. GEORGE **La cascade aux fées**
26 PATTI BECKMAN **Un merveilleux destin**
27 JANET DAILEY **La mariée enchaînée**
28 HEATHER HILL **Tempête au paradis**

Avril
29 DONNA VITEK **L'amour ressuscité**
30 ANNE HAMPSON **Un cœur de pierre**
31 FRAN WILSON **Tourbillon d'amour**
32 TESS OLIVER **Poker d'amour**

Mai
33 SONDRA STANFORD **Le cavalier noir**
34 CAROLE HALSTON **La mariée s'est envolée**
35 BROOKE HASTINGS **Les feux de l'innocence**
36 MARY CARROLL **Ma sorcière du Kansas**
37 MARGARET RIPY **Le deuxième homme**
38 JANET DAILEY **La bague d'émeraude**

Juin
39 MARY CARROLL **A l'ombre du bonheur**
40 DONNA VITEK **La rose des neiges**
41 SONDRA STANFORD **Au bout de la nuit**
42 PHYLLIS HALLDORSON **Sous d'autres cieux**
43 JEANNE STEPHENS **Par-dessus les moulins**
44 DIXIE BROWNING **Oiseau de paradis**

 31, rue de Tournon, 75006 Paris

diffusion
France et étranger : Flammarion, Paris
Suisse : Office du Livre, Fribourg
diffusion exclusive
Canada : Éditions Flammarion Ltée, Montréal

Achevé d'imprimer sur les presses de l'imprimerie Brodard et Taupin
7, Bd Romain-Rolland, Montrouge. Usine de La Flèche,
le 25 février 1982. ISBN : 2 - 277 - 80032 - 5
6590-5. Dépôt Légal février 1982. Imprimé en France

Le Guide de l'enfant
de la conception
à 6 ans...

LE GUIDE
de l'enfant
de la conception à 6 ans

1982

grossesse, accouchement
alimentation, vie quotidienne
toutes les adresses utiles
500 jouets
100 idées
de jeux
vos droits
la garde
la santé
2000 prénoms
sondage les nouveaux parents

Format
200 x 280 mm

388 pages en couleurs
35^F chez votre
marchand
de journaux

...parce qu'on veut
tout savoir
de ceux qu'on aime.